Hannes Stiegler

Der Hauch der Gewesenen

Paul Fussek, Freidenkender und Schreibender aus Hochburg Ach, zum Buch:

„ihn sprechen zu lassen, über weite strecken, bringt ihn näher, die unaufgeregtheit, fast lapidar, wertfrei erzählst du, gibst bericht, läßt einfühlen.

henisch ging mit der kleinen figur seines vaters nicht so subtil um, versuchte literarisch zu sein. das hast du, so mein ich, fairerweise hintangestellt.

diese hohe kulturleistung, ihn zu würdigen, nicht einfach aushauchen zu lassen, ihn der erinnerung fähig zu machen, ein dokument zu schaffen, so unzeitgeistig, so fein, so ungewöhnlich.

und dabei all die übel bekanntliche schminke verbannt.
das hohe lied der liebe ?
denke schon.
mein respekt, lieber hannes, mein respekt...

paul fussek, mit hutgelüftetem gruß – September 2014

Hannes Stiegler

Der Hauch der Gewesenen

Ein Sohn durchschreitet das Leben und Sterben seines Vaters.

© 2014 Hannes Stiegler

3. Auflage Mai 2016

Lektorat: Dr. Renate Schabus, Marina Stiegler

ISBN: 978-3-7357-9038-5

Herstellung und Verlag:

BoD - Books on Demand, Norderstedt

Inhalt

Vater erzählt von seiner Kindheit	6
Gesundheit des Vaters, Rückblenden - der Autor erzählt	27
Der Autor charakterisiert den Vater	33
Vater erzählt vom Militär (1937), Anschluss (1938) und Eingliederung in die Deutsche Wehrmacht	40
Der Polenfeldzug 1939 - Vater erzählt	49
Frankreichfeldzug, Mai 1940 - Vater erzählt	59
Italienfeldzug, März 1940 - Vater erzählt	63
Russlandfeldzug, Mai 1941 - Vater erzählt	68
Berlin 1942 - 1947, die Mutter, der Handschuh, die neue Familie – der Autor erzählt	72
Seniorenheim, Katheter & Co, Nachkriegszeit in OÖ - der Autor erzählt	89
Nachkriegszeit in Berlin und Oberösterreich – der Autor erzählt	96
Kindheit und Jugend in Oberösterreich – Erinnerungen des Autors	101
Vaters letzte Tage im Seniorenheim – der Autor erzählt	120
Weitere Publikationen des Autors	126f.

Vater erzählt von seiner Kindheit

„Wo denkst du hin? Das war ein alter Viehwagon, ein zugiger, in dem wir Mitte 1947 von Berlin nach Österreich übersiedelten! Wir hatten ein einfaches Lager aus Strohballen und Streu. Für dich konnten wir dein Gitterbett mitnehmen, das wir an gesicherter Stelle platzierten. Den größten Teil der Reise hast du da drinnen verschlafen", sagte Vater in seinem noch immer forschen Ton. „Auch wir konnten nicht klagen, auch wenn das Stroh trotz der aufgelegten Decken ständig und unangenehm stach. „Und ging das bis Scharnstein so weiter?" fragte ich. „Nein, der Zug fuhr nur bis Salzburg. Von dort wurden wir per PKW nach Scharnstein gebracht und wohnten dann fürs erste beim „Alten" in relativ beengten Verhältnissen." „Der Alte, das war mein Urgroßvater, nehme ich an", sagte ich mehr rhetorisch als tatsächlich fragend.

Im selben Augenblick, ein Klopfen an der Türe im Seniorenheim Großgmain. „Alles in Ordnung, mein Herr?", rief Mario, der lange Pfleger und baute sich vor mir und dem Krankenbett auf. „Mein Sohn, das ist Mario, ein guter

Mann. Der schafft es ganz alleine, mich hochzuheben und in den Stuhl zu setzen. Aber jetzt bin ich gerade beim Erzählen, Mario. Wir sehen uns beim Mittagessen, Mister Adlernase". Mario verneigte sich und verließ schmunzelnd aber wortlos das Zimmer.

Ich kann mich noch dunkel an das schummrige Holzhaus im Tal erinnern, in dem unsere vierköpfige Familie ein halbes Jahr nach der Ankunft aus dem von den Nachkriegswirren gebeutelten Berlin mit den Großeltern auf kleinstem Raum zwischen Schlaf- und Wohnstube, dem Spucknapf und dem Hinterzimmer mit den aufgespannten Tierhäuten wohnten. „Du hast mir ja oft erklärt, wie geschickt Urgroßvater seinen Beruf ausgeübt hatte", sagte ich. Vaters Augen leuchteten, denn er würde jetzt seine Lieblingsgeschichte vom Alten erzählen, die ich im Laufe der Zeit viele Male, wenn auch immer in leicht abgeänderter und ergänzter Form, hören musste. In stiller Andacht, versteht sich. Zwischenfragen blieben da eher ungehört.
Also hob er an: „Keiner im Tale konnte so mit Tieren umgehen wie er. So hart er oft im Umgang mit sich und den

Seinen erschienen sein mag, so sanftmütig war er mit Kindern. Ich kann mich an kein Wort meines Großvaters erinnern, welches in irgendeiner Weise unangenehm auf mich gewirkt hätte. Ich habe nur gute Erinnerungen an ihn. Apropos Brutalität, habe ich dir nicht schon einmal die Geschichte von den gestohlenen Eiern erzählt? Nein? Es war erst kurz nach unserer Ankunft aus Berlin und wir wohnten immer noch bei meinen Großeltern, da beschwerte sich der Nachbar vom sogenannten Nagelschmiedhaus seit einiger Zeit, dass aus seinem Hühnerstall immer wieder Eier gestohlen wurden. Deine Mutter, die im Dorfe als zugezogene Preußin apostrophiert wurde, war bei der Nachbarschaft die Nummer Eins auf der Verdächtigen Liste. Großvater mochte das gar nicht glauben und hatte einen ganz anderen starken Verdacht, den er aber ohne Überprüfung nicht aussprechen wollte. Er legte sich deswegen am nächsten Morgen auf die Lauer und sah kurz darauf just seine Lieblingshündin Lydia, ein Spitzmischling, in den Hühnerstall des Nachbarn schleichen, mit verdotterter Schnauze wieder aus dem Stall herauskommen, die Zunge beschwingt um das Maul leckend. Großvater verhielt sich ganz still. Auch im Hause wurde es stiller als sonst. Ganz bedacht nahm er das große, scharfe Schlachtermesser, den Wetzstahl, legte ruhig den Lederschurz an und rief seinen bereits leise winselnden Hund. „Lydia, her da!" schallte es durchs Haus. Deine Mutter ihrerseits ahnte was da kommen würde und nahm dich bei der Hand - du warst damals kaum drei Jahr alt - und lief mit dir über die hochgrasige Bauernwiese zum Mädlbauern. Beim Hinauslaufen vernahm sie noch das deutliche Wetzgeräusch, dann ein kurzes „Krüppel verdammtes!" und ein noch kürzeres Quieken und dann wieder Stille. Zum Abendessen gab es eine kräftige Suppe, die ohne viel Reden genüsslich in der rauchigen Stube verzehrt wurde. Der weit über die unteren Wangenfalten gezogene buschige Schnurrbart Großvaters triefte voll fettiger Suppe. Sein verschmitztes Schlürfen und sein in die Runde schweifender Blick sprach mehr als man in dieser Situation hätte sagen können."

Um Vater noch ein wenig von seinem Leiden abzulenken, gab ich ihm einen weiteren Assoziationsanstoß und sagte: „Ich erinnere mich noch dunkel an die zum Trocknen aufgehängten dünnen Lederbänder aus Tierhaut." Vater fuhr fort „Sie waren ein unabdingbarer Bestandteil jeden guten Bergschuhs, sehr häufig der Marke Goiserer, mit genagelten Sohlen versteht sich. Damit zwang man den Fuß in Fasson, damit er den strapaziösen Waldarbeiten und Bergwanderungen standhielt. Ja ja, aber nicht nur Hunde, das ganze Spektrum an Haustieren wurden von ihm ver- und bei Bedarf auch entsorgt. Manches Tier wurde vom „Alten" aber auch geheilt. Jeder im Dorfe kannte die Geschichte von der dürren Sau, die man vor Jahren zu ihm gebracht hatte, um sie entfernen zu lassen. Mit kundigen Handgriffen betastete er das halb verhungerten Tier, hielt mit seinen Pratzen kurz am Hals inne und rief zu Großmutter „Einen Kochlöffel, schnell!" Er riss dem bedauernswerten Tier das Maul weit auf und stach mit dem Stiel des Kochlöffels tief in den Schlund der Sau. Nur ein kleiner Widerstand seitens des Tieres, dann ging der Stiel ansatzlos durch. Die Sau bekam darauf einen Klaps auf den Schinken und fraß sich darauf die nächsten Tage und Wochen den Wanst so voll, dass nach kurzer Zeit daraus ein wunderbares Schlachttier wurde und die Vorratskammer Großvaters mit Speck,

Schmalz und Rohwürsten aufgefüllt werden konnte. So war er halt der Großvater.

Natürlich konnte er auch ganz schön rabiat werden, hatte er doch die Kraft vom Typus eines dinarischen Karstbauern. Er war schlaksig, mit einer kühnen, krummen Nase und listigen Augen aber stets gut zu Menschen. Du weißt ja, dass er und meine Oma seit meinem zweiten Lebensjahr meine Ersatzeltern waren, nachdem meine Mutter wegen ihrer Tätigkeit als Wirtshauspächterin und wegen Ihrer Eheprobleme mich in deren Obhut gegeben hatte. Trotz der kernigen Einfachheit des Lebens bei ihnen, war es mir immer gut gegangen.

Eine Geschichte sollst Du noch wissen. Jedermann im Ort kannte den Radnerwirt an der Alm, mit dem riesigen, fast kalbsgroßen Hund. Er mag eine Mischung zwischen Dogge und Schäferhund und sonst noch einigem gewesen sein und er lag normalerweise teilnahmslos aber stets wachsam hinter der Schank. Der Wirt hatte den Hund so abgerichtet, dass er unliebsame Gäste aus der Gaststube hinaus bugsierte. Wenn der Gast stand, so verbiss sich der Köter unlösbar in den Hosenboden des Delinquenten und schob ihn vor sich durch die Türe hinaus. Meist kamen die Leute deswegen vorsorglich mit Lederhosen zum Radnerwirt und es gab bei der Amtshandlung keine Verletzten. Bei sitzenden Gästen wiederum, zog er so lange an einem Hosenbein, bis der unerwünschte Gast das Lokal freiwillig aber meist laut fluchend verließ.

Großvater saß eines Tages bei einer derartigen Vorführung gerade bei seinem vierten Glaserl Most in einer ausgelassenen Runde am Stammtisch und beobachtete das Geschehen sehr aufmerksam. Der Wirt rief den Hund gerade zu sich und belohnte ihn mit einem großen Schweineohr, hieß ihn zurück zu seinem angestammten Platz und blickte protzig in die Runde und sagte zu den Leuten am Stammtisch, „Da schaut's gell?" und aus einer Laune heraus wettete er mit allen in der Gaststube, dass es keiner der anwesenden Gäste wagen würde, den Hund mit bloßen Händen oder auch nur mit Worten dazu zu bringen, den Gastraum zu verlassen. Dafür stünde eine Flasche Sliwowitz oder auch „Sligo", wie man im Orte zu sagen pflegte. Wie erwartet, rührte sich keiner der Gäste. Nur Großvater mochte da nicht klein bei geben und ging schnurstracks zur Theke, wechselte ein paar Worte mit dem Wirt und schenkte dem Hundevieh dabei keine Aufmerksamkeit. Plötzlich, aus einer halben Drehung, ergriff er mit seiner rechten Hand den Schwanz und mit seiner Linken die Nackenfalten des Hundes, hob das zappelnde Untier in die Höhe, zeigte es dem erstaunten Publikum und beförderte die winselnde Kreatur in hohem Bogen durch die offene Türe in den Gastgarten. Das übertölpelte Tier ward an diesem Abend nicht mehr gesehen und hatte sich wahrscheinlich zwischen den Holzstapeln im Hinterhof des Gasthauses verzogen. Großvater spuckte in hohem Bogen in den Gastgarten, zwirbelte an seinem Schnurrbart und ging erhobenen Hauptes zurück zum Stammtisch, in dessen Mitte bereits die Flasche Sligo mit gelockertem Korken stand, die darauf drei Mal die Runde machte.

Diese Geschichte wurde dabei ebenso oft ausgeschmückt wie belacht und bewundert und ging ab diesem Zeitpunkt noch lange die Runde im Ort. Großvater hatte damit seinen Ruf als Viecherzähmer des Tales weiter gefestigt. Für sein florierendes Geschäft konnte dies nur von Nutzen sein. Mir war es zwar nicht immer sehr angenehm einen Großvater mit einem derartig zweifelhaften Ruf zu haben, aber er war mein Ersatzvater und als solcher Instanz.

1914 Großvater und Namensgeber

Du weißt ja, mein richtiger Vater hatte mich, nachdem er 1916 auf Fronturlaub in Wels war, nicht als seinen Sohn anerkannt, Mutter bald darauf verlassen und war nach dem Krieg im Hotel seines Bruders in Eichstätt untergetaucht, ohne sich weiter um die Familie und sein Wirtshaus zu kümmern. Mutter wusste damals keinen anderen Weg, als mich vorübergehend in die Obhut der Großeltern zu geben, da sie als gestandene Wirtin selbständig bleiben wollte. Sie verdiente so viel Geld im Gastgewerbe, dass sie meine Großeltern mit

Haus und auch Geld ausstatten konnte, um mir ein entsprechendes Heim bieten zu können.

1929 das Haus der Urgroßeltern in Tiessenbach

Die Reise zu meinen Großeltern, ließ ich mir Jahre später von meinem um zehn Jahre älteren Onkel, dem Bruder meiner Mutter, erzählen. Dieser war mit seinen zwölf Jahren damals zufällig für einige Wochen während seiner Schulferien in Wels, im Gasthaus meiner Mutter. Er erhielt von ihr den ehrenhaften Auftrag, mich mit dem Zug ins Tal zu den Großeltern zu bringen, die uns beide mit dem Pferdefuhrwerk vom Bahnhof abholen sollten.

Mein Onkel war zwar zehn Jahre älter als ich aber selbst noch ein Knabe und im Umgang mit Babys minder erfahren. Er nahm den Auftrag ohne zu murren an, war sich aber nicht bewusst, was er auf der zweistündigen Fahrt mit mir erleben sollte. Da er mich doch nicht auf der hölzernen Bank des offenen Abteils ablegen wollte, hielt er mich während der ganzen Fahrt abwechselnd links oder rechts in seinen Armen oder auf seinem Schoß. Arme, Hose und Bauch meines überforderten Onkels waren bei der Ankunft total durchnässt. Meine Mutter hatte ihm zwar zwei Windeln mitgegeben, aber es war offensichtlich unter seiner Würde gewesen, mich unterwegs trocken zu legen.

Der „Alte" mit seiner „Franzi"

Bei unserer Ankunft in Scharnstein wurden dem Armen ob meines und seines Zustandes noch die Löffel lang gezogen. Er ertrug dies alles mit einer stoischen Ruhe, die sein ganzes Leben sein eigen blieb.

Im Haus meiner Großeltern lernte ich meine Liebe zum Wasser, den Fischen, dem Wald und den umgebenden Bergen kennen.

Meine Brüder, die in Wirklichkeit alle meine Onkel waren – ich konnte das damals, so glaube ich heute, nicht so richtig einschätzen – unterrichteten mich in allen notwendigen Überlebensdingen. Mit sechs Jahren konnte ich schon die wunderbarsten Forellen mit der Hand aus dem kristallklaren Wasser des Wildbaches, der an unserem Hause vorbeischoss, fangen. Einer meiner Brüderonkel nahm dazu stets eine lange Haselnussstange und stöberte die Fische unter den Steinen und sonstigen Unterständen auf und wir beobachteten genau, wohin die Fische flohen. Je seichter die Stelle, an die sie sich zurückgezogen hatten, desto größer die Wahrscheinlichkeit, dass ich sie aus dem Wasser holen konnte. Es gelang nicht immer, aber die Ausbeute war damals ganz gut. In große Huflattichblätter eingewickelt, legten wir die gefangenen Prachtexemplare an unseren Geheimplätzen entlang des Baches ab, sammelten sie beim nach Hause gehen wieder ein und brachten sie stolz unserer Mutter und Großmutter, die sie alsbald in einer großen Pfanne in bestem Butterschmalz auf dem Holzfeuerherd herausbriet. Dazu gab es entweder Brot oder Salat oder auch beides, wenn es da war.

1928 Vater im Alter von elf Jahren mit Bruder Florl und zwei seiner Cousinen

Es zog mich auch später noch immer wieder hin zu diesem Platz, der für mich so etwas wie der tiefste Kern der Heimat war. Auch meine Gedanken kreisten oft um diesen Ort meiner Jugend, ganz egal ob ich in Wels in der Schule, in Enns beim Bundesheer, in Dessau, in Stolpmünde an der Ostsee, im Polenfeldzug oder in Sizilien oder anderswo war –

immer wieder musste ich an diese Heimat denken . In der kalten russischen Steppe, auf dem Weg nach Leningrad, erschien mir die Behausung meiner Großeltern hinten im Tal zwar schemenhaft aber ganz warm und behaglich, obwohl ich auch zu Hause, in kalten Winternächten fast ebenso bitter frieren musste wie im russischen Winter. Die Schlafzimmer waren damals nicht beheizt. Nur in der Küche und in der Stube war es warm. Wenn man zu Bett ging, so war dieses so klamm, dass man erst nach langem Bibbern erträgliche Schlafwärme erreichen konnte. Es war so kalt, dass die Innenwand des Zimmers an eisigen Tagen des Winters im Tale mit einer dünnen Eisschicht überzogen war. Grauenhaft, aber immer noch erträglicher als die russische Steppe, wo wir uns damals mit unserer Flakbatterie eingegraben hatten. Meine Gedanken waren damals in den langen Nächten ganz in der Heimat und halfen mir über den trostlosen Stellungskrieg hinweg.

Ich erinnere mich noch heute an das Dröhnen, das die riesigen Holzstämme verursachten, wenn sie von der sogenannten Auflagestätte in etwa tausend Metern Höhe losgelassen und durch die Holzriesen ins Tal donnerten. Wenn die Holzfäller im Tal waren, war dies für mich immer ein nicht zu versäumendes Erlebnis. Um das geschlägerte Holz ins Tal zu bringen, hatte man damals an mehreren Stellen des Forstgebietes sogenannte Holzriesen oder Holzschlachten, immer in der Nähe der Sturzbäche errichtet. Die etwa eineinhalb Meter breiten, aus Holzstämmen zusammengefügten Halbröhren wurden ständig nass gehalten, um das problemlose Hintergleiten der Holzstämme zu gewährleisten. Ich lief immer zu einer bestimmten Stelle in der Schlucht, wo die Holzröhre einen tiefen Tümpel zu überqueren hatte. Hier passierte oft etwas Spektakuläres. Und auf das war ich immer aus. Es kam oft vor, dass sich einer der Stämme wegen der engen Kurven selbständig machte und über die Führung hinausflog, um an der gegenüberliegenden Felswand zu zerschellen. Wegen der Gewalt des Aufpralles war es für mich immer ratsam, hinter einer gewaltigen Tanne, die am Rande der Schlucht stand, Schutz zu suchen. Das Schauspiel war zwar stark aber immer brandgefährlich. Fast jedes Jahr erwischte es einen Holzknecht bei dieser Arbeit.

Ich erinnere mich noch genau an den Arbeiter, der eines Tages die verkeilten Stämme wieder in Bewegung setzen wollte und dabei so unglücklich stürzte, dass er mehr als 300 Meter durch die Holzriese hinunter gerissen wurde, kopfüber gegen die aufgetürmten Stämme im Tal prallte und maustot war. Aus diesem Grund war man vorsichtig geworden und versagte per Anschlag jedem Neugierigen den Zugang zum Gelände, wenn Holz gefördert wurde. Ich verstand es aber gut, mich immer wieder über Schleichwege zu meinem Beobachtungsplatz zu begeben. Da war ich mehr zu Hause als jeder andere im Tal. Eines Tages aber war ich wohl zu dreist. Wiederum an der Stelle mit dem tiefen Tümpel angelangt, wollte ich noch näher zum Geschehen und lief geradewegs in die Arme eines Forstarbeiters, der mich finster anblickte, mich solgleich am Kragen packte und mich an einer, Gott sei Dank dick bemoosten Stelle, im Wald zu Boden schleuderte. Was ich da mache, ob ich nicht wisse, wie gefährlich das Verweilen hier sei. Wie ich hieße, wo ich wohne und vieles andere mehr wollte der finstere Geselle von mir wissen. Ich war von seinem Anblick so erschrocken, dass ich kein Wort hervorbrachte und so aufgeregt, dass mir möglicher Weise mein eigener Name gar nicht eingefallen wäre, wenn er mich nochmals danach gefragt hätte. Der Kerl ließ immer noch nicht von mir ab, zerrte mich hoch und befahl mir barsch, ihm zum Partieführer in die tiefer gelegene Holzknechthütte, unweit unseres Hauses zu folgen. Obwohl ich wahrscheinlich schneller gewesen wäre als der Holzknecht, wagte ich es nicht davonzulaufen. So tief steckte der Schreck in meinen Gliedern.

Noch nicht ganz am Vorplatz der Hütte angekommen hörte ich schon das archaische Geknarre der verwitterten Holztür, wobei der Partieführer sich massig zwischen den Türstöcken aufbaute. Die Arme in die Hüfte gestützt, eine qualmende Virginia zwischen den Lippen, hieß er mich näher kommen. Die Situation war ihm klar. Wieder ein neugieriges Bürschchen erwischt. Da wird es was geben. Auf sein Zeichen rempelte mich der Knecht unsanft über die Schwelle in das rauchige Blockhaus. Noch nie hatte ich einen Blick ins Innere dieser Hütte machen können, obwohl sie seit ich mich erinnern kann, an dieser Stelle, unweit unseres Bauernhauses, gestanden war. Es war so dunkel und rauchig, dass ich vorerst gar nichts außer der Feuerstelle im Hintergrund erkennen konnte. Erst allmählich konnte ich die Gesichter weiterer vier dunkler Gestalten erkennen, die um einen roh gezimmerten Tisch mit einer mindestens zehn Zentimeter dicken Platte saßen, die wohl aus einem mächtigen Stamm eines Baumes vom Mittagskogel gesägt worden war. Sie aßen allesamt mittels eines Holzlöffels aus einer rußgeschwärzten Eisenpfanne. Der Geruch, der mir entgegenkam, war eine Mischung aus Rauch, Schweiß, Speck und Harz. Eine undefinierbare Sinfonie des Gestanks, der in seiner Eigenart so einprägsam war, dass ich später, nur beim Gedanken an das Tal, den Geruch sofort in die Nase bekam und mit allerlei Erinnerungen in Verbindung bringen konnte. Das ist ein Geruch, der ein Leben lang in den tiefer gelegenen Regionen des Gedächtnisses bleibt, so etwas gibt es nirgendwo sonst.

Der Vorarbeiter hatte mich scheinbar sofort erkannt, da er schon einige Male bei uns gewesen war und oft mit uns Bachforellen gegessen hatte. Für ihn waren es selbstverständlich keine geklauten Fische aus dem Bach seines Arbeitgebers, des Stiftes Kremsmünster, sondern Fische aus unserem großen Fischteich, der zwischen unserem Haus und der Holzknechthütte lag. Du magst mich fragen, warum wir denn die Fische illegal aus dem Bach herausholten, wenn wir doch einen eigenen Fischteich hatten. Die Erklärung ist ganz einfach. Erstens wollten wir den eigenen Fischbestand, der ohnehin regelmäßig von Fischreihern dezimiert wurde, bewahren und zweitens war es nicht so richtig aufregend, die Fische mittels eines Keschers aus dem Teich zu holen. Da fehlte einfach das entsprechende Kribbeln. Aus diesem Grunde wilderten wir weiter was das Zeug hielt."

Ich war später, in den fünfziger Jahren, einige Male bei solchen Fischzügen meines Vaters dabei und kann das Kribbeln, das sich in solchen Momenten auch in mir breit machte, vollauf bestätigen.

Mein Vater fuhr fort: „Auch ich erkannte nun in diesem Vorarbeiter einen alten Bekannten Großvaters. Nach einer kurzen Schelte schickte er mich nach Hause und vergaß dabei nicht, seinen baldigen Besuch bei uns anzukündigen. Ich solle deswegen am besten gleich alles zu Hause erzählen, meinte er. Ohne zurück zu schauen lief ich nach Hause, hinter dem Haus vorbei und kletterte sogleich auf meinen angestammten Felsturm, der sich kurz vor dem Waldrand etwa zwölf Meter erhob und ließ mich auf dessen Spitze nieder, um das kommende Geschehen aus sicherer Entfernung beobachten zu können. Das war mein Rückzugsgebiet wohin mir keiner folgen konnte. Dort hatte ich meine Ruhe zwischen Moosen Flechten, Erikakraut und Schwarzbeerstauden auf sonst kahlem Fels. Da ich Konsequenzen aus meiner vorausgegangenen Tat zu befürchten hatte, war ich entschlossen, diese Stelle so bald nicht zu verlassen und die Dinge auf mich zukommen zu lassen. Der Vorarbeiter war bereits eine Stunde später bei uns. Gleich darauf hörte ich Großvater, der meinen Namen rief. Da ich keine Antwort gab, wurde sein Rufen immer lauter. Ich rührte mich nicht und duckte mich ganz tief, um nicht entdeckt zu werden. Weit kann er ja nicht sein, sagte Großvater und hatte die glorreiche Idee, Bartl den Boxer auf meine Fährte zu setzen. „Such Bartl, such den Hansi!", ließ Großvater durch den Hof erklingen. Ein paar Schnupperer und schon hatte er mich, seine Pfoten am Aufstieg reibend, verbellt. Das gibt „Scheitlknien" dachte ich mir gleich und machte mich sogleich an den Abstieg. Eine Verzögerung hätte keinen Sinn gehabt. Großvater wartete auch nicht lange mit seinem Urteilsspruch. Großvater pflegte in derartigen Situationen zu sagen „Franzi, der Hansi, zehn Minuten Scheitlknien! Aber gleich!" Franzi, das war seine Frau und meine Großmutter und gleichzeitig die Tochter seiner Tante, also seine Cousine, aus der Stadlmayer Linie. Man war ziemlich engmaschig verwandt im damaligen Oberösterreich und Ehen zwischen Cousin und Cousinen kamen häufig vor. Zwischen Scharnstein, Gmunden, Wels, Roitham und Haag am Hausruck war die Welt aus heutiger Sicht zwar ziemlich klein, für die Leute von damals waren 100 Kilometer Umkreis aber schon ein Kosmos, halbwegs erreichbar und doch überschaubar. Franzi wurde also beauftragt, die von Großvater ausgesprochene Strafe zu vollziehen und legte stumm die drei Holzscheite, sorgsam solche mit Rundungen, in die Küchenecke neben dem Holzofen. Die runden Hölzer würden meine Schienbeine nicht zu sehr malträtieren. Ich trat die Strafe stumm und stoisch an. Wie immer kam Großvater nach fünf Minuten herein und sagte ebenso stoisch, dass ich selber wisse warum ich hier kniee, und jetzt sei's genug und ich solle verschwinden, mehr dazu wolle er nicht sagen."

Gesundheit des Vaters, Rückblenden - der Autor erzählt

Ich hörte ein Klopfen von draußen. Mario, der Pfleger, kam herein und sagte, er wolle Vater etwas umbetten. Er lag, um Druckstellen und Schmerzen zu vermeiden, auf einem speziellen Luftbett, das mit einem Kompressor ständige Druckveränderungen herstellen konnte um die Druckpunkte am Körper verlagern zu können. Außerdem müsse er den Dauerkatheter entwirren, um ein Auslaufen des Urins in das Bett zu vermeiden. Ich könne mich gleich weiter mit meinem Vater unterhalten. Ich nahm dieses Intermezzo aber zum Anlass, mich von Vater zu verabschieden, da ich noch in Vaters Wohnung musste, einige wichtige Dokumente und persönliche Sachen von Vaters Sammelsurium vor der bevorstehenden Entrümpelung in Sicherheit zu bringen.

Er war nun praktisch seit einem halben Jahr Krankenhaus, vier bis fünf Operationen, Geriatrie und wieder Krankenhaus im Seniorenheim Großgmain fast völlig ans Bett gefesselt und machte nur mehr wenige Ausflüge mit dem Rollstuhl zum Gemeinschaftstisch, wo ihn die leeren Blicke seiner Stockwerksgenossen empfingen. Für mich war es genauso deprimierend ihn in diesen Zustand zu sehen wie erstaunlich zu beobachten, mit welcher Himmelsgeduld er diese Situation ertrug. In der Wohnung angekommen, bereitete ich sogleich eine Reihe von Umzugskartons vor, um diese mit Schmuck- und Münzenschatullen und den Dokumentenmappen und den zahlreichen Alben aus seiner Jugend-, Berufs- und Kriegszeit zu füllen.

Neben zahlreichen alten Schillingmünzen in Gold und Silber enthielten die Schatullen auch eine verhältnismäßig Große Anzahl von Ringen aus Silber und Gold von eher geringerem Wert von deren Existenz Vater mir gegenüber nie etwas erwähnt hatte. Möglicherweise war das sein Dagobert Duck'sches Wühlreich, auf das er nicht verzichten wollte und ihm eine gewisse monetäre Sicherheit vermittelte. Im Moment des Auffindens dieser Klunkerkisten musste ich an sein häufig ausgesprochenes Bonmot denken, das er über den Besitz von Geld gerne zum Besten gab. Obwohl er sehr bescheiden lebte und von allem nur das Preisgünstigste kaufte, enthielt seinen Brieftasche stets eine Menge von Hundertern und Fünfzigern. Auf meine Frage, warum er so viel Bargeld mit sich herumtrage, pflegte er spontan zu sagen „Wenn du kein Geld dabei hast, dann pissen dich die Hunde an!" Nicht mehr und nicht weniger. Sich eine Blöße zu geben und „geld-arm" zu wirken, das war Vaters Sache nicht.

Wenn es in meiner eigenen Geldtasche mal arm aussah, so konnte ich immer damit rechnen, dass Vater mir dabei half, sie wieder einiger Maßen reicher zu gestalten. Allerdings nie von sich aus. Ich musste meinen Bedarf stets dramatisch genug reklamieren, bis darauf ein Termin zur Geldübergabe folgte. Nach längerem Palaver und gewissen Belehrungen, was den Umgang mit der Ware Geld anbelangte, präsentierte er seine Gabe in großen Scheinen. Die Auszahlung erfolgte stets gegen Unterschrift im sogenannten „Roten Buch". Dort standen peinlich genau alle seine Geldspenden an mich und meine Schwester Elfi vermerkt. Auch sie musste ihre regelmäßig erhaltenen Zuwendungen quittieren. So sollten wir später einmal Schwarz auf Weiß sehen können, wie hoch sich seine Gesamtausgaben für uns beide belaufen hatten.

Neben dem Silber- und Goldschatz erweckte besonders ein dicker Ordner mit zahlreichen Dokumenten und Plänen meine Aufmerksamkeit, da eine Aufschrift am Rücken „Ariernachweise" lautete. Teilweise in Kurrent, teilweise in lateinischer Schrift, teilweise in Schreibmaschinenschrift waren auf den Dokumenten sämtliche Ahnen, teilweise bis zu den Ururgroßeltern angeführt. Namen, wie Ehrnstorfer, Stadelmayer, Aigner, Müller, Gradinger, Astegger, Naase, Flügel, Essenwenger, Burtslaff etc. mit durchwegs ländlichen Berufen wie Bauern, Müller, Häusler, Kutscher und Fuhrunternehmer tauchten dabei sowohl in der Ahnenreihe von väterlicher als auch von mütterlicher Seite auf. Also allesamt gestandenes bajuwarisches Volk auf der einen Seite und preußisches Blut auf der Seite meiner Mutter, deren Familie aus Köslin, im heutigen Polen stammte.

Weiter fand ich auch einen vergilbten Plan des „Häusls auf der Leit'n", den ich noch nie zuvor gesehen hatte. Dieses Häuschen meiner Großmutter kannte ich selbst noch als kleiner Bub im Alter von vier bis acht Jahren. Es war an einer derart exponierten Stelle erbaut, dass ich mir heute immer noch schwer vorstellen kann, was sie bewogen haben mag, sich auf einem Joch steilstem Wiesengrund, direkt neben der damals dampfbetriebenen Almtalbahn anzusiedeln. Es gab so viele andere Häuser in der Gegend mit weniger beschwerlichem Umfeld. Ich kann mir das nur damit erklären, dass ihre Mittel zum Zeitpunkt der Adaptierungsarbeiten zu nicht mehr als diesem Hanghaus reichten. Alles Geld das sie während ihrer aktiven Zeit als Wirtin in Wels und Stadl-Paura verdient hatte, hatte sie ja in die Häuser gesteckt, die sie für ihre Eltern gekauft hatte, weil diese bekanntlich meinen Vater mehr als zwölf Jahre bei sich verköstigt und gehegt hatten. Meine Großmutter war damals, wie aus einem weiteren Dokument zu entnehmen, noch nicht von ihrem ersten Mann, der meiner Familie den Namen gab, geschieden und lebte fortan mit dem angesehenen Werkmeister (genannt „Tati") der Redtenbacher Sensen- und Sichelwerke zusammen.

1928 nahmen die beiden meinen Vater bei sich auf. Sein neues zu Hause war ab sofort das Häusl auf der Leit'n geworden. Er hatte eine kleine eigene Dachkammer, wo es im Winter aus allen Ritzen zog und im Sommer so heiß war, dass der Aufenthalt in diesem tagsüber gar nicht möglich war. So lernte und übte er meist im Schutze des großen Pflaumenbaumes vor dem Haus für die Hauptschule, die er in Wels besuchten durfte.

Großmutter mit „Tati"

Endlich zu Hause bei der eigenen Mutter, sollte man meinen. Vater hatte mir aber später einmal erzählt, dass er eigentlich lieber bei seinen

Großeltern tief im Tal geblieben wäre. Dort hatte es ihm besser gefallen und er hätte nicht ansehen müssen, wie der angesehene Werkmeister, Lebensgefährte seiner Mutter und jetzt quasi sein Stiefvater, sich zu einem notorischen Säufer entwickelt hatte. Keine schönen Zeiten für ihn also. Aber er war ja die meiste Zeit sowieso in der Schule in Wels. So war dieser Zustand halbwegs erträglich geblieben.

Der Autor charakterisiert den Vater

Heute war Vater überhaupt etwas maroder als sonst und zeigte mir wieder seine Bohrlöcher, die von den zweimaligen Kopfoperationen in der Neurologie stammten. Sie juckten ihn unablässig und ich musste sie häufig mit meinen Fingern erfühlen. Nach der Gallenoperation im Juni, die mehr oder weniger der Anfang seiner jetzt massiert auftretenden Leiden war, erfolgte die Bruchoperation und jetzt diese Kopföffnung. Unglaublich, was Vater alles durchstand. Er war jetzt nur mehr ein Hauch dessen, was er früher einmal darstellte. Kontinuierlich abgenommen, wog er nur mehr rund 52 kg, konnte nur mehr sehr wenig Nahrung zu sich nehmen und hing zudem an einem Dauerkatheter.

Langsam wurde uns allen klar, dass es nur mehr Wochen dauern würde bis er uns für immer verlassen sollte. Dass er die Hochzeit meiner ersten Tochter nicht mehr erleben würde und wollte, wusste er bereits im Januar desselben Jahres. Aber darüber redeten wir nicht explizit. Vielmehr war ihm danach, mit mir über geschichtliche Daten zu streiten. Er regte sich immer noch vehement auf, wenn ich dieses oder jenes Datum nicht wusste. Selbst am Krankenbett freute er sich diebisch, mir ständig kommunikatorische Fallen zu stellen. Ein Leben voll Tarnen und Täuschen, wie es Kaplan Tacker, später, im Februar bei der Verabschiedung ausgedrückt hatte. Das ist es, was Vater in seinem Leben anwenden gelernt hatte. Und immer ein bisschen aufregen, sonst schlafe er ein, meinte Vater vehement.

Ich wartete jetzt auch nicht mehr auf ein persönliches, vertrauliches Wort aus seinem Munde, ein Zeichen, dass er in Weisheit und Frieden von uns gehen würde. Weit gefehltes Ansinnen! Wie man sich irren kann. Nachdem mir aber der Verwalter erklärt hatte, dass alte Menschen sich im Altersheim nicht unbedingt beruhigen, sondern ihren angestammten Eigenschaften mehr als sonst vollen Lauf lassen, ließ ich ihn schalten und walten, wie es sich ergab.

Nach wie vor war die Kronenzeitung, die er nur mehr unter größten Anstrengungen und unter der Verwendung einer großen Lupe zu lesen vermochte, regelmäßiger Anlass für ihn, an meiner akademischen Ausbildung zu (ver)zweifeln, da ich dies oder jenes über Fekter, Faymann und Co. einfach nicht wusste und mich gar erfrechte, ihm zu sagen, dass ich heute das Blatt nicht gelesen hatte. Für ihn unverständlich, hatte er dieses Paradeboulevardblatt wohl seit dessen Bestehen regelmäßigst von vorne nach hinten und wieder zurück aufgesogen. Die sonntägliche Schönbornkolumne war so wertvoll für ihn, dass er die betreffenden Seiten Woche für Woche über Jahre in einem dicken Ordner archiviert hatte. Im Kern war er also katholisch geblieben. Katholisch getauft und dann ca. 1950 aus der Kirche ausgetreten, blieb er ein Leben lang ein christlicher Kirchenverweigerer. Er bezeichnete sich zwar als Agnostiker, war aber im Kern ein Verfechter christlicher Traditionen. Dies zeigte sich in seiner Wertschätzung aller kulturellen Überlieferungen der verschiedenen christlichen Strömungen. Kirchen betrat er aber nur, um sie zu besichtigen und zu bestaunen, nicht aber um dort in christliche Andacht zu versinken oder gar an Messen teilzunehmen. Hochzeiten und Begräbnisse ausgenommen.

Mit Vorliebe sprach er mit jedem Geistlichen, der ihm dort über den Weg lief, über Gott und die Welt und wurde dabei so laut und vehement, dass ich mich von ihm abwendete und eine oder zwei Runden, je nach der Länge seiner Tiraden, um die jeweilige Kirche machte. Als er im Sommer 2009 noch in der Geriatrie der Dopplerklinik stationiert war und noch einige Meter gehen konnte, besuchte ich mit ihm die hinter dem Gebäudekomplex versteckte Kirche, die ausgerechnet von einem indischen Pfarrer betreut wurde. Mehr brauchte Vater nicht. Dieser Mann wurde buchstäblich von ihm in die Zange genommen und er erzählte mir dann, dass dieser indische Geistliche nicht einmal wusste, wie viele Einwohner Indien hatte. Unverständlich und völlig obskur war es für Vater außerdem, dass dieser Inder ihm erzählte, dass es in seiner Heimat mehr Christen gäbe als Österreich Einwohner hat. Das hatte Vater in der Kronenzeitung noch nicht gelesen. In diesem Moment des Unglaubens wurde er immer lauter und näherte sich dem Gottesmann von Nasenspitze zu Nasenspitze, was mich gleich zu einer weiteren Runde um die Kirche veranlasste. Als ich von meiner Runde zurückkam, hatte der Geistliche es zwar noch nicht geschafft, meinem Vater zu entrinnen, er hatte aber geschickt sein Fahrrad ergriffen und es zwischen Vater und ihm postiert. In einem günstigen Moment schwang er sich schließlich auf das Gefährt und machte sich davon. Vater redete währenddessen immer noch weiter und rief im zu: „Alles Gute! Gut, dass ich sie kennengelernt habe. Dann sehen wir uns ja sicher noch öfter!" Er sollte aber keine Gelegenheit zu einem weiteren Plauscherl mit dem Geistlichen bekommen, denn sein Zustand verschlechterte sich zusehends und er wurde bald danach in das Seniorenheim Großgmain zur Pflege verlegt. Aber auch in seinem Krankenzimmer in Großmain, fast permanent ans Bett gefesselt, hatte er sich seine knorrige Art bewahrt. „A bisserl aufregen, das erhält mich am Leben", sagte er voll im Bewusstsein, ein sogenannter Aufdreher zu sein. Er stand dazu. So war es.

1930 Vater als Hauptschüler in Wels

Ob wir nicht mit dem Rollstuhl in die Bibliothek hinüberfahren könnten, fragte ich ihn, etwas in Gedanken verloren. Er willigte ein und kam plötzlich wieder auf seine Jugend in Oberösterreich zu sprechen. In Wels habe er die Hauptschule besuchen können, fabulierte er. Dieses Glück habe nicht jeder im Ort gehabt. Tati hatte gesagt, dies sei gut für ihn und würde ihn davor bewahren, im örtlichen Sensenwerk als Arbeiter „barabern" zu müssen. Und so wie Tati, selbst Werkmeister in besagtem Sensenwerk, gesagt hatte, kam es auch. Vater konnte nach Abschluss der Hauptschule eine kaufmännische Lehre im Werkskonsum des Ortes beginnen. Er schloss

1935 mit Waffenrad und Lederhose am Attersee

diese drei Jahre später mit dem Kaufmannsbrief ab und verdiente ab 1931 richtiges Geld. Der Jüngling sparte jeden verfügbaren Schilling und konnte sich 1935, im Alter von neunzehn Jahren, ein Steyr Waffenrad leisten. Eines der neueren Bauart, zwar ohne Gangschaltung, aber mit Trommelbremse am Vorderrad. Mit Freunden unternahm er damit zahlreiche Touren im nahen Salzkammergut.

Vater erzählt vom Militär (1937), Anschluss (1938) und Eingliederung in die DWM[1]

1937 Assentierung zum Ersten Österreichischen Bundesheer

„1937 war es auch", fuhr Vater fort, „ich glaube in Gmunden, dass ich zur Stellung musste – Assentierung hieß das damals. Das war ganz anders als heute. Unsere Hüte und Joppen waren mit allerlei Schleifen und Papierblumen geschmückt und wir freuten uns alle auf das Einrücken im April, um der Assentierungskommission zu zeigen was für starke Teufel wir waren.

---

[1] Deutsche Wehrmacht

Als ich im Herbst 1937 in die 3. Kompanie des Alpenjägerregiments 8 einrückte, konnte ich nicht ahnen, dass der Beruf des Soldaten den größten Teil meines aktiven Lebens ausmachen sollte". „Ich habe gar nicht gewusst, dass du vor der Deutschen Wehrmacht beim 1. Österreichischen Bundesheer warst", sagte ich. „Ich dachte, dein Soldatenleben begann erst beim Anschluss", fügte ich hinzu, obwohl ich wusste, dass er schon vorher gedient hatte. Ich wollte Vater nur etwas Stoff zum Aufregen geben, was immer ein gewisses Risiko in sich barg. „Nein, nein, da weißt du ja schon wieder nichts", antwortete er künstlich indigniert. „Genau genommen diente ich in drei Heeren. Etwa fünf Monate im 1. Bundesheer, nicht ganz acht Jahre in der Deutschen Wehrmacht und schließlich 35 Jahre im 2. Österreichischen Bundesheer.

Die Übernahme in die Deutsche Wehrmacht erfolgte genau so kurz und schmerzlos wie der Einmarsch der Deutschen Truppen am 13. März 1938. Ich hoffe, dieses Datum ist dir bekannt. Über Nacht waren alle österreichischen Soldaten zu Soldaten der Deutschen Wehrmacht geworden. Und dann ging es richtig los. Wir bekamen brandneue Uniformen mit dem Regimentsabzeichen auf der rechten Brustseite und die stattlichen Schirmkappen.

1938 - Gefreiter der Deutschen Wehrmacht

Noch im Frühjahr 1938 ging es ab nach Dessau zur Einschulung und später nach Stolpmünde an der pommerschen Ostseeküste zum Scharfschießen. Dort hatte ich zum ersten Mal das Meer erblickt und war tief beeindruckt. Von Stolpmünde ging es wieder zurück nach Kochstedt bei Dessau, wo wir in die Bedienung der 8,8-cm-FlaK eingeschult wurden. Das war ein für die damalige Zeit konkurrenzloses Gerät.

Im Herbst ging es Gott sei Dank wieder in die Heimat zurück und wir bezogen in der Garnisonskaserne Steyr Quartier. Als ich im Winter auf Urlaub nach Scharnstein fuhr, war ich schon Obergefreiter. Ich war so stolz auf meinen Dienstgrad, dass ich in Uniform in meine Heimatgemeinde Scharnstein fuhr.

Auch mein Bruder steckte mit seinen 18 Jahren schon in der deutschen Uniform und so stolzierten wir unbedarft durch den Ort, ohne uns darum zu kümmern, dass bei einem gewissen Teil der Bevölkerung unser Auftreten mit großem Befremden aufgenommen wurde. Mutter aber war sichtlich stolz auf uns beide feschen Buben und lud uns zu Ehren zwei unserer Onkel, den Naz und den Ferdl, auf eine zünftige Jause ein.

Wie es denn weitergehen sollte mit der ganzen Geschichte, wollte sie wissen. Ich schwieg mich bei dieser Frage aus. Vielmehr wusste ich keine Antwort. Selbst wenn ich gewusst hätte, was die Pläne meiner Vorgesetzten und der Führungsleute gewesen waren, ich hätte ihr nichts gesagt. Ich war geschult, weder politische noch militärische Aussagen zu machen. Ich wollte es noch weiterbringen und Unteroffizier werden. So plauderte ich lieber über Zwieballen[2] und Speckwürste, die es an diesen Tagen reichlich gab.

Schon im März 1939, nach einem Jahr Ausbildung, wurde es ernst. Unser Regiment wurde zum Einmarsch in die Tschechei abkommandiert, um uns für den Stoß über Oberschlesien nach Polen vorzubereiten.

Verlief der Einmarsch in die Tschechei noch relativ friedlich, so begann am 1. September 1939 aber ein Inferno, das sich bis Ende des Zweiten Weltkriegs zu einem Weltenbrand ausweiten sollte. Sieh dir doch einmal das grüne Fotoalbum mit dem roten Lederband und der Aufschrift DWM (für Deutsche Wehrmacht) an, dann brauch ich dir nicht so viel erzählen. Ich glaube, die Bilder sprechen für sich."

Ich kannte das Album, das er meinte, genau. Schon als kleiner Junge hatte ich es immer wieder betrachtet. In besonderer Erinnerung waren mir die Fotos gefallener Soldaten geblieben, mit Einschüssen überall, zertrüm-

---

[2] „Zwieballen": ein für die Region typisches 2-teiliges Handgebäck auf Roggenmehlbasis

merten Schädeln und verstümmelten Gliedmaßen. Ein grauenhafter Anblick. Auch die Woche zuvor war mir das Album wieder aufgefallen. Besonders eindrucksvoll erschien mir Vaters handschriftliche Einleitung am ersten Blatt des Albums, die da lautete:

> „Der blutige Ernst des Krieges beginnt. Die nachstehende Fotosammlung soll keine Verherrlichung des Krieges sein, sondern soll jedem, der sie betrachtet, die Gräuel eines bewaffneten Konfliktes vor Augen führen. Sie soll aber auch zeigen, wie schön die Landschaft in allen Teilen Europas ist. Furchtbare Schuld laden jene auf sich, die einen Krieg entfachen und alles Schöne vernichten."

Die Teilnahme an den Feldzügen der Deutschen Armee waren für meinen Vater also Reisen, Reisen in ferne Länder, die er als Zivilist in so kurzer Zeit niemals kennen gelernt hätte. Er war sich zwar des Schreckens der militärischen Handlungen bewusst, die Tragweite der Vorkommnisse hatte er in seiner jugendlichen Frische dennoch nicht völlig durchschaut. Gott sei Dank, ist man nachträglich versucht zu sagen, sonst hätte er diese fatalen sieben Schreckensjahre aufgrund seiner natürlichen Oppositionshaltung möglicherweise nicht überlebt.

„Wir sollten wieder zurück ins Zimmer oder willst Du am Gemeinschaftstisch das Abendessen zu dir nehmen", sagte ich zu Vater. „Ins Zimmer möchte ich lieber nicht", meinte er. Daher schob ich ihn an seinen Essplatz, auf dem schon das heutige Essen bereit stand. „Danke für den Besuch. Kommst eh wieder?", sagte er plötzlich. Beim Essen wollte er immer alleine sein und so verabschiedete ich mich seinem Wunsche gemäß.

Draußen sagte mir die Schwester, dass Vater zu wenig trinke und esse. Er wiege nur mehr 50 Kilo und wir müssen uns etwas überlegen. Ich glaube, Vater begann damals im Jänner, Nahrung bewusst zu verweigern. Er wollte einfach nicht mehr und hungerte sich förmlich zu Tode bis er am 22. Februar 2010 sterben sollte. Das war sicherlich der Grund dafür dass er mich vor den Essenszeiten regelmäßig hinauskomplimentierte. Ich sollte seine offensichtliche Essensverweigerung nicht mit ansehen.

Wieder zu Hause. Anruf vom Seniorenheim. Vater ist erneut ins Spital verbracht worden. Irgendwas funktioniere nicht.

Bevor ich mich auf den Weg machen konnte, war er aber schon wieder im Seniorenheim in Großgmain. Ich traf dort Vater in einem noch elenderen Zustand. Ab diesem Zeitpunkt war an ein Herumfahren im Rollstuhl nicht mehr zu denken. Er war nun vollends an das Bett gefesselt. Er blickte mich auch nicht mehr direkt an. Möglicherweise sah er mit seinen starren Augen noch weniger als er zuzugeben bereit war. Ich solle seine Beine etwas zudecken, meinte er. Ich näherte mich ihm und vernahm den Geruch, der von Mal zu Mal deutlicher wurde: streng süßlich intensiv, ein Trauerspiel.

Ich hatte heute das Fotoalbum mit dem roten Ledergürtel mitgebracht und setzte mich ganz nahe zu ihm, um einzelne Erlebnisse aus seinem Leben Revue passieren zu lassen. Vater lag aber zu flach und zu nahe am Fußende, um mit mir das Album betrachten zu können. „Hole doch den Mister Adlernase", pflegte er in solchen Situationen zu sagen. „Adlernase? Wer ist denn das schon wieder?", fragte ich. „Bist Du vergesslich! Wirst auch schon alt, mein Sohn!", meinte Vater darauf. Aber ich wusste, Mister Adlernase war Mario, der stämmige Pfleger, der uns bestimmt und freundlich zugleich zur Hand ging. Ein schneller Griff unter die Achselhöhlen und Vater lag einen Kopf breit höher und etwas mir zugeneigt. Ich stellte mich einfach begriffsstutzig. Das gefiel Vater. Er konnte mir dann eine Breitseite geben. Sollte er ja auch, der Alte.

Der Polenfeldzug 1939 – Vater erzählt

1939 verendete polnische Pferde

Vater nahm die große Lupe und ergriff zitternd das Album und sagte, „Da schau, diese von Pferden gezogenen Haubitzen. Damit wollten uns diese Polen aufhalten. Da liegen die toten Pferde mit aufgedunsenen Bäuchen neben ihren Geschützen und darunter begraben, die polnischen Gefallenen, zu Hunderten in den Gräben links und rechts der Straße. Sieh diesen Zug verlumpter Soldaten. Die wurden alle gefangen genommen und abgeführt." Er blätterte wieder einige Seiten zurück und zeigte auf das Bild eines zerschossenen Hauses.

„Hier, das wollte ich Dir noch zeigen. Da, aus diesem Haus, knapp nach der Grenze hörte ich den ersten scharfen Schuss von Feindesseite. Hier hatte genau genommen der Krieg für mich begonnen. Kurz nach diesem

1939 Polenfeldzug - Inferno des Krieges

Schuss hatte der Kommandant unserer Kompanie befohlen, das Haus auszuräuchern, wie das damals hieß. Zehn Minuten Sperrfeuer genügten und das Haus fiel vom Dach bis zum ersten Stock in sich zusammen.

Nachdem das Feuer ruhte, musste ich mit Kamerad Klug und einem Trupp von acht Mann die Aufgabe übernehmen, das Haus auf Überlebende zu durchsuchen. Im Parterre waren zwei Männer zu sehen, die sich blutend in einer Zimmerecke wanden. Wir stießen darauf mit unseren Stiefeln deren Waffen weg, was sie ob Ihrer Schmerzen gar nicht merkten. Sie konnten als Zeichen des sich Ergebens nicht einmal mehr Ihre Hände heben. Oder doch, einer der beiden bewegte seine zitternde Hand in Richtung Brusttasche. Klug brachte seine MP in Anschlag. Ich deutete ihm, Ruhe zu bewahren. Der polnische Soldat hielt uns mit seiner noch immer zitternden Hand ein kleines Foto mit einer Frau und zwei Kindern entgegen. Ich hielt kurz inne und sagte darauf zu Klug es sei hier alles erledigt und es sei Zeit sich um das MG Nest im anderen Trakt, zu kümmern. Wir hatten kaum das erste Stockwerk oder was davon übrig geblieben war, betreten, da erblickten wir das zerstörte MG mit drei gefallenen Soldaten. Das war alles. Fünf Soldaten, die unsere Kompanie und ein ganzes Arsenal an Waffen und Munition eine Stunde lang beschäftigt hatten. „Das ist wohl eindeutig das, was man als Krieg bezeichnet", dachte ich in jenem Moment. Nach Beruhigung der Lage zogen wir aus der Ansiedlung weiter. Das angrenzende Dorf war nach unserem Sperrfeuer völlig menschenleer. Allerdings standen rund um die Bauernhöfe Rinder, Pferde und Ziegen und grasten friedlich. Plötzlich ein „Stopp!" vom Hauptmann.

Befehl: „Nachtlager bis morgen und Verpflegung organisieren!" Ein Schwein und fünf Hühner wurden „akquiriert" und landeten in den Feldküchen der ersten und zweiten Kompanie. Es gab Hühnersuppe mit Gerste und

Die 8,8-cm-FlaK in Feuerstellung

ein undefinierbares Gericht aus Schweinefleisch mit Kartoffeln. Zudem konnten wir unser Feldgeschirr unbenutzt lassen, da unser Zug Quartier im verlassenen Gasthaus nehmen durfte. Da stand genug Geschirr für eine ganze Kompanie bereit. Da unser Zug die Speerspitze des Bataillons gebildet hatte, durften wir zur Nachtruhe auch die Gästezimmer des Gasthauses beziehen. Obwohl die Lager des kleinen Betriebes voll im Bestand waren, war es uns strikt verboten auch nur einen Tropfen Alkohol zu trinken. Das wäre in dieser Situation zu gefährlich gewesen. Klug, mein Zimmerkamerad und seit der Zeit in Steyr immer zu Schandtaten aufgelegt, zog nach der befohlenen Nachtruhe eine Flasche Wodka aus der Jacke und ließ sie die Runde machen. Ich konnte dem Geschmack dieses Feuerwassers nicht viel abgewinnen, nahm aber trotzdem zwei kräftige Schlucke, die mich angenehm erwärmten. Ich schlief in dieser Nacht, trotz des Geschützdonners in der Ferne, tief wie ein Sack. Ich hatte die letzten sechs Tage in keinem richtigen Bett mehr geschlafen.

Der nächste Tag begann mit einem Eklat. Wir waren verpfiffen worden. Klug musste vor der Kompanie den Oberkörper entblößen und hatte einen Spießrutenlauf zu absolvieren. Es war ein Spalier von zwanzig Kameraden zu durchlaufen, die mit ihren Gürteln auf ihn einschlagen mussten. Der Hauptmann prophezeite Klug beim nächsten Coup eine härtere Strafe. Nach erfolgter Strafe versorgte ich Klugs blutende Wunden und zerrte ihn mit einem Helfer in das Gasthaus. Da wir keinen Sanitäter holen durften, reinigten wir Klugs Rücken mit frischem

Wasser und deckten ihn mit nassen Handtüchern ab, sodass seine Schmerzen etwas erträglicher wurden. Für die nächsten Tage würde er seinen Dienst nur unter großen Schmerzen versehen können. Er hatte aber zu jedem Zeitpunkt unsere Unterstützung. Kameradschaft war alles für uns damals. Klug war zäh und erholte sich schnell und verriet uns den Namen des Kameraden, der uns verpfiffen hatte. Es war ein Tiroler aus Imst oder so, der Klug bei der Entnahme der Wodkaflasche beobachtet hatte. Dieser Tiroler befand sich bald darauf auf dem Gang zu den Latrinen hinter den Lastwägen. Wir nickten uns zu und umstellten die Latrine. Beim Heraustreten aus der Latrine gaben wir ihm die Decke. Das bedeutete für das Kameradenschwein Schläge und Tritte unter einer über ihn geworfenen Decke ohne die Rächer erkennen zu können. Damit musste ein Verräter damals immer rechnen.

Am nächsten Tag, nichts, einfach nichts. Nur Weitermarsch nach Norden. Wir kamen immer wieder durch brennende Dörfer von denen die meist noch stehen gebliebenen Schornsteine wie mahnende Finger aus dem

zerschossenes polnisches Dorf

1939 behelfsmäßiger deutsche Soldatenfriedhof

rauchenden Schutt ragten. Neben Menschen- und Pferdekadaver in den Straßengräben, stießen wir vermehrt auf frische Gräber gefallener deutscher Soldaten, deren junges Leben nach knapp einem Jahr Einsatz abrupt ausgelöscht worden war.

Beim Anblick solcher Szenen verstummten wir auf unseren Einsatzfahrzeugen. Nicht einmal ein Murmeln war zu hören. Da war jeder, vom Kanonier bis zum Offizier vollends mit sich selbst beschäftigt. Meist waren es Gedanken an den Tod, an die Heimat, an die Familie und eine stille Hoffnung, heil aus diesem Schlamassel herauszukommen. Soweit ich mich erinnere, kam bei mir zu keinem Zeitpunkt ein Gedanke an Aggressivität, Rache und Kriegslust auf. Über derartigen Emotionen stand unser Selbsterhaltungstrieb, gepaart mit fast absolutem Gehorsam. Mit dieser Grundeinstellung zog ich bis 1945 durch alle Kriegsschauplätze, bis ich schließlich als einer der letzten 8,8-cm-FlaK Batterieführer auf einem der zahlreichen Flaktürme in Berlin, kurz vor der Kapitulation, die Waffen wegwarf und meine Leute wegschickte.

Die anfängliche Begeisterung am Soldatenleben war also schon sehr früh dem Bedürfnis gewichen, mit heilen Knochen und heilem Geist aus diesem Dilemma herauszukommen. Jeder dachte mit zunehmender Entwicklung der Kriegshandlungen im Grunde genommen an sich und sein eigenes Leben und klammerte sich an diejenigen Kameraden, die dieses Leid mit ihnen zu teilen bereit waren. Wie sich nach Kriegsende herausstellte, ist es Millionen von deutschen und mehr als zweihundert tausend österreichischen Soldaten im Dienste der Deutschen Wehrmacht nicht gelungen, ihr Leben heil mit nach Hause zu nehmen. Das war eine große Katastrophe!

In der Tat war der Polenfeldzug 1939 ein Blitzkrieg. Am 1. September über die Tschechei nach Polen einmarschiert, war ich mit meiner Einheit bereits Anfang Oktober wieder zurück in der Heimat. Es war ein unerwartet triumphaler Empfang, den wir bei unserem motorisierten Einzug auf dem Stadtplatz von Steyr durch eine begeisterte Menschenmenge erfahren durften. Trotz des traurigen Anlasses, war dies einer der erhebendsten Augenblicke in meinem jungen Leben. Das Gefühl, neben dem Zugskommandanten Leutnant Hoppe, in einer offenen Wehrmachtslimousine sitzend, von der Bevölkerung als Heimkehrer aus einem siegreichen Krieg in der Heimat empfangen zu werden.

Oktober 1939 – begeisterter Empfang in Steyr

Ich überlasse es deiner Einschätzung, diese Gefühle zu beurteilen. Ich will aber gar nicht darüber diskutieren. Das würde uns zu weit führen, meinte Vater und wendete sich dem Frankreichfeldzug zu.

Frankreichfeldzug - Mai 1940 – Vater erzählt

„Lange konnte ich mich aber der wiedergewonnenen Heimat nicht erfreuen. Schon ab 19. Oktober 1939 ging es Schlag auf Schlag weiter. Unsere Einheit wurde in die Eifel verlegt und dort in der ehrwürdigen Ritterburg Lissingen, etwa fünfzig Kilometer von der Luxemburger Grenze entfernt, einquartiert, wo wir bis zum Abruf im Mai 1940 auf unseren Einsatz im Westen vorbereitet wurden. Das war auch die Zeit der Errichtung des Westwalles, der aus einem System von Panzersperren und Bunkern entlang der Südwestgrenze Deutschlands gezogen wurde. Diese Bauwerke prägen stellenweise heute noch die Landschaft dort. Wohl mit Moos und Patina überzogen, aber doch stumme Zeugen einer bewegten Zeit. Ich glaube es war Mitte Mai 1940, dass wir über Luxemburg und Südbelgien weiter auf französisches Gebiet verlegt wurden.

Plötzlich befanden wir uns mitten im Frankreichfeldzug. Der Widerstand der französischen Truppen war aber verhältnismäßig gering. Ich hatte den subjektiven Eindruck, dass die französische Armee auf einen bewaffneten Konflikt nicht vorbereitet war.

1940 französischer Panzer

Wenn man die französischen Panzer mit den unglaublich hohen Kettengehäusen mit den wendigen deutschen Panzern verglich, so zeigte sich hier eine eklatante Ungleichheit in der verwendeten Technologie. Die Bevölkerung in den Städten und Dörfern erlebte unseren Einmarsch eher teilnahmslos oder sollte ich sagen, wie paralysiert. Typisch französisch könnte man sagen. Sie saßen bei unserem Einmarsch in ihren Straßencafés, tranken ihre Pernods und Kaffees, lasen Zeitung und würdigten uns keines Blickes.

Das hatten wir in Polen nicht erlebt. In der Tat, kein martialischer, sondern ein ganz kühler Empfang. Erst beim Einmarsch in Rouen wurde von den Franzosen ein gewisser Widerstand geleistet. Die deutschen Truppen hinterließen dort, ähnlich wie in Polen, zerstörte Häuser und Dörfer, tote Pferde und Soldaten in den Straßengräben. Wie sich die Bilder glichen!

1940 Vater bewacht farbige französische Gefangene

In Frankreich gab es aber doch einen Unterschied. Wir stießen bei unserem Vormarsch immer wieder auf Horden dunkelhäutiger Soldaten in französischer Uniform. Die kamen aus dem von Frankreich besetzten Maghreb und da vor allem aus Marokko. Wir nahmen Hunderte von ihnen gefangen. Sie waren über Ihre Entwaffnung eher froh als uns gegenüber feindlich gesinnt. Wir schickten sie in extra für sie errichtete Gefangenenlager ostwärts. Niemand von uns wusste, was dann weiter mit ihnen geschah.

Wir hatten auch keine Zeit, uns darüber Gedanken zu machen, denn es ging weiter nach Paris, womit der Frankreichfeldzug sein kampfloses Ende gefunden hatte. Laut Führerbefehl wurde Paris von den Kampfhandlungen verschont und mehr oder weniger unspektakulär von den deutschen Truppen besetzt.

Unsere Einheit wurde später zur Sicherung des besetzten Gebietes an die Atlantikküste abkommandiert. Dort bewunderte ich vor allem die Landschaften um Fécamp, Étretat und Grandes Dalles. Dann ging es bald weiter nach Le Havre, der zweitgrößten Hafenstadt Frankreichs nach Marseille. Dort zog es uns natürlich in das Hafenviertel mit zahllosen schaurig schummrigen Kneipen. Ich kann es vom heutigen Standpunkt einfach nicht begreifen, wie relativ freundlich von der dortigen Bevölkerung behandelt wurden, obwohl wir die Vertreter der fremden Besatzungsmacht waren. Ob in den Bars, Restaurants oder Straßencafés, ich hatte das Gefühl, dort willkommen gewesen zu sein.

Italienfeldzug März 1940 - Vater erzählt

War der Frankreichfeldzug der wohl friedlichste Teil meines Soldatenlebens, wurde dieser Zustand jäh unterbrochen durch einen neuerlichen Marschbefehl. Einen Tag vor Weihnachten 1940 ging es über Reims, Nancy, Pforzheim, Innsbruck, und dem Brennerpass in einem schier endlosen Transportzug auf nach Italien. Das Wetter war damals grauenhaft und die Stimmung der Mannschaft auf einem noch nie dagewesenen Tiefpunkt.

Den Heiligen Abend feierten wir noch in Frankreich, in unserem Zugabteil. Bei einem Halt vor Nancy hatten wir vom Wagon aus eine kleine Ziertanne in einem privaten Garten entdeckt und diese vorsorglich „geerntet". Notdürftig dekorierten wir das Bäumchen mit Wehrmachtsschokolade, drei Äpfeln und, verbotener Weise, mit einigen Ordensschleifen. Als Spitze fungierte eine aufgespießte Postkarte mit Weihnachtsmotiv. Kamerad Klug zog alsbald seine Mundharmonika aus der Brusttasche und im Wagen erklangen die uns vertrauten Lieder „Oh Tannenbaum" und „Stille Nacht" aus jungen, durstigen und wehmütigen Kehlen. In solchen Momenten war man trotz der Anwesenheit der Kameraden irgendwie alleine und in Gedanken an zu Hause versunken. Niemand konnte da seine Tränen verbergen. Unsere Emotionen liefen in diesem Augenblick Sturm, besonders auch wegen dieser Überstellungsfahrt ins Ungewisse. Wir konnten nur an den jeweiligen Bahnhofsschildern erkennen, wo wir uns gerade befanden. Wir wurden aber zu keinem Zeitpunkt informiert, wohin es letztendlich gehen sollte. Das wurmte uns. Unser Murren über diesen Zustand blieb dennoch heimlich, überdeckt von Gehorsam und begründeter Angst, im falschen Augenblick den Mund zu weit aufzumachen. Wir durchquerten schließlich ganz Italien von Norden nach Süden und kamen am 29. Dezember in Sizilien an.

Unser Quartier bezogen wir in einem Städtchen namens Comiso. Wir bereiteten uns dort auf die Verteidigung Italiens gegen die Alliierten vor, die schon die ersten Bombardements gelandet hatten. Just in einem Augenblick in dem wir Stellung bezogen hatten und unsere Freiluftkegelbahn errichtet hatten, erfolgte ein unerwarteter

Luftangriff. Wir liefen so schnell es ging in Deckung hinter einer mittelhohen Steinmauer. Die ersten Bomben fielen und ich spürte ein dumpfes Gefühl im linken Zeigefinger. Dort wo sich früher einmal ein Zeigefinger befand, konnte ich augenblicklich nur mehr einen blutenden Klumpen ausmachen. Dieser Klumpen schien auch nur mehr mit Hautfetzen an meiner Hand zu hängen. Schmerzen hatte ich zu diesem Zeitpunkt zwar keine, aber Eile zur Versorgung war geboten. Inzwischen konnten die amerikanischen Flugzeuge unbehelligt abfliegen, so überraschend war der Angriff erfolgt. Wo war unsere Aufklärung geblieben? Egal, ich wurde noch an der Steinmauer von herbeigeeilten Sanitätern erstversorgt und mit Verband und Armschleife versehen, in ein nahegelgenes deutsches Lazarett verbracht. Erst dort verspürte ich vermehrt Schmerzen in meiner Wunde, die durch einen einzigen Splitter hervorgerufen worden waren. Während der Nacht wurden die Schmerzen unerträglich. Der Feldarzt meinte, man könne versuchen, den Finger mit einer Operation zu retten. Aufgrund der Schwere der Verletzungen würde das Gebilde aber steif bleiben. Ich blickte auf meinen verunstalteten Finger und dann hilfesuchend zurück zum Arzt. Er verstand mich. Die Amputation würde am nächsten Tag stattfinden. Das war mir lieber so. Ich wollte nicht mein Leben lang mit einem verkrüppelten Finger herumlaufen. Die weitere Behandlung im Lazarett war hervorragend.

27. März 1941: der verwundete Vater mit Frontbetreuerin

Auch die Aufnahme durch das Personal und die Bevölkerung war außergewöhnlich. Die invaliden Soldaten spürten dort kaum, dass sie sich mitten in einem Krieg befanden. Das Lazarett war so eine Art Vorzeigeanstalt. Deswegen wurden vom Hauptquartier Fotografen entsandt, um die Lage der verwundeten deutschen Soldaten festzuhalten.

Daraus wurde auch eine Fotoreportage, die in der Münchner Illustrierten Presse vom 27. März 1941 erschien. Ich kam mit einer hübschen Truppenbetreuerin ganz groß auf dem Titelblatt raus. Im Inneren des Blattes konnte sich der Leser von der inszenierten Lazarettidylle überzeugen.

Lazarettidylle: Genesungsbeschleunigung beim Zitronenpflücken

Die Fotoserie zeigte wohl behütete deutsche Soldaten mit zufriedenen Gesichtern in Liegestühlen und mich beim Zitronenpflücken mit einer Rot Kreuz Schwester. Frisch vom Baum für die Gesundheit der Deutschen sozusagen.

Noch Jahrzehnte danach wurde deine Mutter eifersüchtig, wenn sie diese Fotos sah. Sie konnte es nicht vertragen, wenn ich mich mit dem weiblichen Geschlecht amüsierte, auch wenn das nichts als Propaganda war.

Russlandfeldzug, Mai 1941 – Vater erzählt

1941 Vater in Winterausrüstung vor Leningrad

Schon zwei Monate später, exakt am 28. Mai 1941, war Schluss mit lustig. Die Wunden waren verheilt und es ging Richtung Norden und weiter nach Russland. Am 22. Juni 1941 überquerten wir in einem fulminanten Vorstoß die russische Grenze.

Das Aufmarschgebiet war unglaublich weitläufig und flach. Wir stießen aber schnell nach Leningrad vor. Überall Steppe und einfache Holzbauernhäuser, die wir sukzessive als Quartiere in Beschlag nahmen. Bei den Angriffen durch unsere Artillerie gingen viele dieser alten Bauernhäuser in Flammen auf. Wir waren auf den kommenden Winter (1941/42) nicht richtig vorbereitet und meine Einheit war zwischenzeitlich zur Luftwaffeninfanterie mutiert.

1941 vor Leningrad: Spähtrupp auf Skiern

Unsere Spähtrupps wurden mit Skiern und langen hässlichen Umhängen ausgestattet und in die Weite der Steppe geschickt. Unser Schuhwerk war den tiefen Tempe-

1941 - fern der Heimat, vor Leningrad

raturen ganz und gar nicht gewachsen und manch Kamerad trug deswegen russische Stiefel, die man gefallenen Russen abgenommen hatte. Auch ich organisierte mir ein Paar, das ich zusammen mit einem Kamerad einem gefallenen Russen buchstäblich von den Beinen reißen musste, da dessen Leichnam stocksteif gefroren war. Was soll es, er konnte sie ohnehin nicht mehr brauchen. Meine Füße waren ihm dankbar.

Der Widerstand der russischen Armee hielt sich an dieser Front in erträglichen Grenzen, die Moral unserer Truppe aber wurde von der klirrenden Kälte buchstäblich eingefroren. Es ging uns aber trotzdem deutlich besser als den Soldaten der Sechsten Armee in Stalingrad. Zudem hatte unser Truppenkörper noch Glück im Unglück. Da wir ja im eigentlichen Sinne Flakleute waren und dringend für die Verteidigung der Hauptstadt Berlin gebraucht wurden, ging es zurück nach Berlin, wo wir im Flak Turm am Zoo Stellung bezogen. Damit zog eine neue Ära in mein Leben ein. Du weißt ja, dass ich dort deine Mama kennenlernen sollte, die als Telefonistin im OKW[3] beschäftigt war. Sie war damals dreißig Jahre alt."

---

[3] Oberkommando der Wehrmacht

Berlin 1942 - 1947, die Mutter, der Handschuh, die neue Familie – der Autor erzählt

Ich persönlich kannte die Geschichte meiner Mutter nur zu gut, von den Momenten in denen wir zusammensaßen und sie über ihre Jugend, über ihre erste Ehe, ihre Scheidung vom ersten Mann und das Kennen lernen meines Vaters sprach. Das Karma, das über ihrem Leben lag, war eines des Leidens aber auch der Lebensfreude, wenn die Zeit es ihr erlaubte. Ihre Vorfahren stammten alle aus Ostpreußen, dem damaligen Pommern oder Pomorze wie es polnisch heißt. Geboren wurde sie in Köslin (heute Koszalin), unweit der Ostseeküste, als Tochter des Schuhmachers Max Naase und seiner Frau Auguste. Leider hielt die Ehe der beiden nicht lange.

Mamas Mutter zog nach der Scheidung gegen Ende des Ersten Weltkrieges mit ihren fünf Kindern nach Berlin. Aufgrund ihrer misslichen Lage wusste sie nicht mehr aus und ein und musste zwei ihrer Töchter (Martha und meine Mutter Erna) in einem Kinderheim unterbringen. Das Schicksal wollte es, dass eines Tages in diesem

1924 Mutter mit Adoptivmutter Fritzsche

Kinderheim eine große elegante Dame und ein ebenso eleganter Herr erschienen. Sie waren wegen der Kinderlosigkeit von Frau Fritzsche auf der Suche nach einer Adoptivtochter. Alle Mädchen, darunter Martha und meine Mutter, mussten sich in Reih und Glied zur Begutachtung aufstellen. Mama bekam es mit der Angst zu tun, als die feine Dame mit festem Schritt die in Reih und Glied angetretenen Kreaturen begutachtete. Sie wollte keinesfalls ihre Schwester verlassen. Die Wahl fiel dann tatsächlich auf meine Mutter. Sie musste, ob sie wollte oder nicht, mit den beiden Herrschaften ziehen und ihre weinende Schwester Martha schweren Herzens zurücklassen. Obwohl Mama den Fritzsches in den folgenden Jahren ihre Schulbildung und eine weltoffene Erziehung in einem Unternehmerhaushalt zu verdanken hatte, konnte sie den Schmerz der Trennung von ihrer Schwester nie so richtig aus dem Gedächtnis löschen. Mit der Adoption nahm Mama auch den Namen der Adoptiveltern an. Ihre eigene Ehe stand unter keinem guten Stern. Obwohl sie zwei hübsche Kinder geboren hatte, wurde die Ehe im Jahre 1941 wegen Zerrüttung geschieden. Sie war jetzt ebenso alleinerziehende Mutter mit zwei Kleinkindern und einer Vollzeitbeschäftigung, genauso wie ihre eigene Mutter, 25 Jahre zuvor.

Mein Vater, der wenig später, nach der Zurückbeorderung aus dem Russlandfeldzug in Berlin stationiert war, geriet durch puren Zufall in die Sphäre meiner Mutter. Es geschah mitten im Krieg auf dem Kürfürstendamm, im Herz Berlins, wo beide offensichtlich zu Fuß unterwegs waren. Vater sah vor ihm Mama gehen und bemerkte, dass ihr ein Handschuh entfallen war. Er hob ihn instinktiv auf und stiefelte mit seinen knallenden Militärbotten hinter ihr her. Meine Mutter erzählte mir immer wie intensiv und knochenhart sie die Schritte hinter ihr vernommen hatte. Die Schritte kamen näher und näher,

1943 Vater als Wachtmeister mit Porte Épeé und seinen „Botten"

worauf sie es mit der Angst zu tun bekam und ihre Schritte beschleunigte. Doch Vater ließ sich nicht abschütteln und rief von hinten „Sie haben ihren Handschuh verloren, hier bitte!" Somit hat alles angefangen mit und Ma und Pa und es dauerte durch alle Höhen und Tiefen des Lebens bis zu ihrem Tode im Jahre 1978. Solche Geschichten gibt es also nicht nur in Romanen oder in Filmen, solche Geschichten produziert das Leben am laufenden Band.

Es ist schon seltsam in unserer Familie. Eine ähnliche Geschichte hatte sich in den späten dreißiger Jahren mit der jungen Käthe, meiner späteren Schwiegermutter und Walter, meinem späteren Schwiegervater, in Zell am See abgespielt. Da wurde ein verlorener Damenhut zwischen Walter und Hoteliersohn Ernst zum Losobjekt. Die beiden jungen Männer waren stadtbekannt und besonders fesche Kerle. Sie konnten sich nicht einigen, wer von beiden der jungen Dame den Hut übergeben sollte und ersannen eine List, wie wenigstens einer von ihnen in den Genuss eines Treffens mit der schönen Austro-Ragusanerin kommen könnte. Sie pirschten sich beide an, behielten aber den Hut, gaben Käthe statt dessen einen Zettel mit zwei Telefonnummern. Es waren die Zeller Telefonnummern 26 und die 27. Sie solle doch am nächsten Tag eine der beiden Nummern anwählen. Es würde sich der per Zufall Gewählte melden und ihr den Hut vorbeibringen. Käthe wählte gleich die erste Nummer, denn es war ihr egal, wer abheben würde, gefielen ihr doch beide Lauser sehr gut. Diese erste Nummer gehörte Walter und dieser brachte den Hut in das Haus von Käthes Großeltern. Der Rest ist Zeitgeschichte und mündete 1975 in meiner eigenen Ehe mit Dagmar. Unglaubliche Parallelwelten sind das! Was zwei verlorene Kleidungsstücke alles bewirken können! Meine drei Töchter verdanken also Ihre Existenz je einem verlorenen Handschuh und einem verlorenen Damenhut. Wer weiß, wie viele Handschuhe und Damenhüte noch zwischen Dubrovnik und der Waterkant in unserer Ahnenreihe verloren gegangen waren und zu Verbindungen zwischen Menschen führten.

Mama mit Eltern, und dem alten HORCH

Zurück nach Berlin des Jahres 1942. Der gefundene Handschuh hatte seine Wirkung nicht verfehlt. Ma und Pa trafen sich mehrere Male und entschieden sich, zusammenzubleiben. Vater akzeptierte auch die beiden Kinder aus erster Ehe, Christa und Wolfgang. Er wollte aber auch eigene Kinder. Bis zu meiner Geburt im Jahre 1946 mussten aber die beiden noch die wohl schlimmsten Zeiten ihres Lebens, den Kampf um Berlin durchstehen. Einerseits versah Vater bis zum letzten Tag seinen Dienst als Flakführer am Flak Turm am Zoo, andererseits half er Mutter bei der Erziehung der Kinder und der Pflege der Fritzsches, Mamas Adoptiveltern. Da man wusste, dass der russische Sturm auf Berlin bald stattfinden würde, brachte man die beiden alten Fritzsches sowie Christa und Wolfgang in eine Landpension namens Tollenserheim, etwa vierzig Kilometer von Berlin entfernt. Zuerst wurden aber die Räder des alten Horch abmontiert und in Fritzsches Garten in Niederschönhausen vergraben, um den Wagen für die Russen unbrauchbar zu machen. Das sollte einige Zeit später noch fatale Folgen für Opa Fritzsche haben.

Für Vater war es ein Leben zwischen dem Flak Turm am Zoo und der Wohnung in der Weisestraße in Neukölln. Einsatzstelle und Wohnung lagen nicht allzu weit auseinander, so konnte Vater auch das erste Mal ein Familienleben mit seiner Frau führen. Die Bombardierung Berlins wurde immer heftiger. Der Flak Turm war so gebaut, dass er selbst Direkttreffern standhalten konnte. Im Inneren des Turms hörte sich ein Treffer wie ein knorriges Surren an, das langanhaltend durch das Gebäude ging. In unserer Wohnung in der Weisestraße war ein geräumiger Luftschutzkeller eingerichtet, der aufgesucht werden konnte, sobald die Sirenen losgingen. Das Wohnhaus erhielt aber bis Kriegsende keinen direkten Bombentreffer.

Nach mehr als 300 alliierten Luftangriffen zwischen 1940 und 1945 mutet es wie ein Wunder an, dass die Luftschlacht trotz aller Leiden für die Berliner Bevölkerung, relativ glimpflich verlaufen war. Die zahlreichen Luftangriffe konnten die Stadt nicht vollends in die Knie zwingen. Der erhoffte Feuersturm, wie ihn z.B. Hamburg erleiden musste, konnte in Berlin einfach nicht entfacht werden. So blieben die Zerstörungen und Anzahl der Toten in erträglichem Rahmen. Schlimmer als die Bombardierungen war für die Berliner Bevölkerung aber das Wüten der sowjetischen Bodentruppen Anfang 1945. Haus für Haus wurde nach dem Durchbruch der sowjetischen Übermacht durchkämmt und die Zivilbevölkerung terrorisiert. Plünderungen und Vergewaltigungen waren an der Tagesordnung.

Meine Mutter entkam den Attacken eines sowjetischen Terrortrupps in der Weisestraße durch eine List. Sie verschmierte beim Eindringen der betrunkenen Russen Ihr Gesicht mit einer Mischung aus Kohlestaub und Wasser, wälzte sich beim Eintreffen der Soldaten unter Ausstoßung tierischer Laute wie eine Epileptikerin am Boden und verrollte wie irr die Augen. Dies veranlasste die Russen ihr einen Vogel zu zeigen und sie in Ruhe zu lassen. Sie ließen auch von den anderen Frauen im Keller ab und zogen ab, nicht ohne in manchem Kellerabteil ein Chaos zu hinterlassen. Dieses angstmachende Chaos dauerte in Berlin noch nach der Kapitulation an und kostete vielen Berliner Bürgern das Leben. Es sollen mehr Frauen als Folge von Gewalt durch die sowjetischen Bodentruppen zu Tode gekommen sein als durch alle Luftangriffe zuvor.

Da die Fritzsches nach einiger Zeit auf dem Land auch nicht mehr sicher waren, entschlossen Vater und Mutter sich, sie von dort wieder zurück in ihre Obhut nach Berlin zu holen. In Ermangelung eines Fahrzeuges, legten Vater und Mutter die lange Strecke durch das von den Russen besetzte Gebiet auf ihren Fahrrädern zurück. Das schien nicht die beste Idee gewesen zu sein.

Auf halber Strecke überholte sie ein sowjetischer Armeelastkraftwagen und hielt vor ihnen an. Zwei Russen sprangen heraus, nahmen den beiden die Fahrräder ab und warfen sie auf die Ladefläche. Vater und Mutter wurden schroff angewiesen, im Führerhaus Platz zu nehmen. Mutter sollte neben dem Fahrer, Vater beim Fenster sitzen. Die Situation wurde langsam prekär. Während der Fahrt begann der Fahrer die Oberschenkel meiner Mutter zu begrapschen. Vater seinerseits verspürte Wut und Angst zugleich und begann zu kochen. Rechts unter seinem Sitz konnte er mit der Hand eine Eisenstange erfühlen. Seine Angst schlug augenblicklich in Angriffsbereitschaft um. Er umklammerte sie sofort und war fest entschlossen, dem Russen den Schädel einzuschlagen, wenn die Situation weiter eskalieren sollte. Der bisherige Verlauf des Krieges und die durchlebten Tage und Nächte voll des Überlebenskampfes hatten meinen Vater zu einer Kampfmaschine gemacht, die jede Situation in Sekundenschnelle erkennen konnte. Da schaltete er die Ratio aus und war zum Äußersten bereit. In diesem Falle entgingen der Russe und höchstwahrscheinlich auch meine Eltern aber ihrem sicheren Tode. Der Fahrer hielt nämlich abrupt an, befahl meinen Eltern auszusteigen und sich zu entfernen. Vater war dreist und protestierte. Er wollte die Fahrräder wieder haben. Die zwei Russen zogen aber ihre Pistolen und fuchtelten damit herum. Vater und Mutter befürchteten das Schlimmste und entfernten sich vom Lastwagen. Nach zwanzig Metern Fußmarsch pfiff ihnen schon die erste Kugel um die Ohren. Darauf folgten weitere Schüsse über sie hinweg. Sie blickten nicht zurück und gingen stur weiter, als der Lastwagen mit den schallend lachenden Russen an ihnen vorbeifuhr. Ein makabres Spiel, mit der Todesangst von Menschen. Sie setzten ihren Fußmarsch entnervt fort und fanden nach einer langgezogenen Kurve ihre Fahrräder im Straßengraben liegend. Aber Wunder, außer dem verbogenen Kotflügel am Rad meines Vaters und der abgerissenen Klingel am Rad meiner Mutter war die unsanfte Beförderung vom Lastwagen in den Straßengraben gut überstanden worden und sie konnten ihre Reise fortsetzen.

Im Landheim angekommen, wartete die nächste Herausforderung auf sie. Nicht weit von der Pension lag ein russischer Stützpunkt und die umliegenden Höfe und Häuser wurden regelmäßig von marodierenden und plündernden russischen Soldaten heimgesucht. Just am Abend ihrer Ankunft im Tollenserheim war wieder ein Trupp besoffener Russen in das Grundstück eingedrungen und verlangte nach Essen, Geld und Frauen. Sogleich herrschte Panik im Hause und man beriet kurz, wie man die Situation entschärfen könnte.

Der Pensionsinhaber wusste, dass es den Soldaten bei Strafe verboten war, ohne Befehl des Kommandanten in private Häuser einzudringen. Er organisierte schnell eine Gruppe von Pensionsgästen, darunter auch meine Eltern, und sagte, sie sollen schnell auf das Dach steigen und laut im Chor fünf Minuten lang „Kommandant, Hilfe – pomogite, komandir!" zu rufen, in der Hoffnung, dass Ihre Hilferufe im nahegelegenen russischen Stützpunkt gehört werden würden. In der Zwischenzeit würde er mit der Horde wilder Russen im Rezeptionsbereich verhandeln. Die Dachaktion hatte Erfolg. Nach nur einer Viertelstunde kam ein sowjetischer Kraftwagen in den Hof gerast und die marodierenden Soldaten wurden mit Schlägen, Kolbenhieben, Fußtritten und unter wüsten Beschimpfungen von den eigenen Leuten aus dem Haus gejagt und mussten den Weg zu ihrem Stützpunkt im Laufschritt zurücklegen. Der Friede war gerettet und man konnte sich endlich auf eine ruhige Nacht freuen.

Am nächsten Tag sollte es zurück nach Berlin gehen. Zu Fuß versteht sich. Das würden lange vierzig Kilometer werden mit den Kindern und den Alten. Opa Fritzsche schaffte es nach zehn Kilometern schon nicht mehr zu gehen. So mussten Christa und Wolfgang aus dem Kinderwagen raus und man setzte den Opa oben drauf. Oma Fritzsche war zäh und ging ohne zu murren den Weg zurück nach Berlin.

Abwechselnd schoben Vater und Mutter den Opa bis nach Niederschönhausen in das Haus der Fritzsches, das genau wie das Haus in der Weisestraße von Bombardierungen verschont geblieben war.

Aber jetzt hieß es zu überleben. Die Versorgung mit Lebensmitteln war total zusammengebrochen. Vater hatte außerdem als Österreicher in Berlin einen eigenen Status. Er benötigte jetzt, quasi als Ausländer, eine Aufenthalts- und Arbeitserlaubnis. Solange er noch in Berlin war, musste Essen für die Familie beschafft werden. An Geldverdienen war damals, bis auf wenige Ausnahmen nicht zu denken.

Not macht aber erfinderisch und so blühte gegen Ende des Krieges überall der Tausch- und Schwarzhandel. Vaters ehemaliger Kompaniekommandant hatte irgendwie einen Kraftwagen organisiert und mit Vater einen Gemüsehandel aufgezogen. Hauptprodukt waren Kartoffeln, die sie von den umliegenden Bauern besorgten und damit ganze Straßenzeilen versorgten. Bezahlt wurde hauptsächlich mit Schmuck und Zigaretten. Mit diesem Schmuck und den Zigaretten wurde bei den Bauern wieder eingekauft. Kartoffeln in jeder Zubereitungsart waren folglich in dieser Zeit unsere Hauptnahrung. Ich sage bewusst „unsere", da ich in diesen Monaten der Ent- und Verwirrung das Licht der Welt in dieser lebhaften Stadt erblickt hatte.

Zwischenzeitlich erreichte meine Eltern die Nachricht, dass dem alten Opa Fritzsche etwas Schlimmeres zugestoßen sein musste. Offensichtlich hatten wieder russische Besatzungssoldaten mit ihrem Terror zugeschlagen. Vater setzte sich darauf alleine in Bewegung, um im Haus in Niederschönhausen nach dem Rechten zu sehen. Mutter musste sich jetzt ja um drei Kinder kümmern und war unabkömmlich, obwohl sie Vater gerne zu ihren Zieheltern begleitet hätte. Kurz vor Niederschönhausen gelangte er plötzlich in einen Trupp von Arbeitern im Räumeinsatz, unter der Aufsicht eines russischen Wachtrupps. Zu spät zum Umkehren, ging er mitten durch die Gruppe von Arbeitern. Er schaute nicht links und nicht rechts. Nur nützte dies gar nichts. Ein listig blickender Russe näherte sich ihm, sagte „stoi towarischtsch!", gab ihm forsch eine Spitzhacke und eine Schaufel in die Hand und deutete Vater, sich des Schuttbergs zu nähern und zu graben. Es blieb ihm nichts anderes übrig, als zu tun was ihm geheißen wurde. Mit seinen Kräften haushaltend, harkte und schaufelte er sich verbissen, über die Tataren innerlich fluchend, aber zielgerichtet, auf einen nahe gelegenen Hofeingang zu. Vater harkte, schaufelte und wartete. Endlich, der Russe machte sich an einer Zigarette zu schaffen, war in einem Moment unachtsam, und Vater war aus seinem Blickwinkel entschwunden. Als er dessen Abwesenheit bemerkte, war Vater schon über eine Gartenmauer gesprungen und eilte auf eine Straße zu, von welcher er wusste dass sie russenfrei war. Diese lag genau an der Demarkationslinie zwischen amerikanischem und russischem Sektor. Er wollte an diesem Tag aber nicht mehr weiter nach Niederschönhausen, sondern kehrte über Schleichwege nach Hause zurück. Nachdem er mit Leutnant Wissfeld am nächsten Tag eine weitere Kartoffeltour machen würde, konnte er mit dem Wagen einen Abstecher zu den Fritzsches wagen.

Zu Hause in der Weisestraße angekommen, erfuhr er sogleich vom zu Besuch weilenden Bruder Opa Fritzsches, was vorgefallen war. Ein Trupp russischer Soldaten hatte das Lager des immer noch existierenden Papiergroßhandels der Fritzsches aufgesucht und in einem Vandalenakt verwüstet. Außerdem hatten sie den Alten gedemütigt und geohrfeigt, da er den Soldaten nicht preisgeben wollte, wo er die Räder seines alten „Horchs" versteckt hatte.

Von diesem Tag an war der alte Fritzsche ein total gebrochener Mann und sollte sich von diesem Schock nicht mehr so richtig erholen. Er war Zeit seines Lebens ein wohlerzogener und sanftmütiger Mensch gewesen und konnte mit all den Vorkommnissen jener Zeit nichts anfangen und zog sich immer mehr in eine starre Depression zurück.

Für meine Mutter war diese Tatsache besonders düster, hatte sie ihren Adoptivvater in all den Jahren sehr lieb gewonnen. Wie oft hatte er sie in der Zeit ihrer Pubertät vor den körperlichen Züchtigungen der alten Fritzsche gerettet. Oma Fritzsche war eine sehr strenge Frau und hatte das Kommando im Hause. Mama und Opa mussten da spuren.

Seniorenheim, Katheter & Co, der Autor erzählt

Ein strenger Uringeruch, der den normal vorherrschenden Heimgeruch um ein Vielfaches übertraf, stieg in meine Nase als ich sinnierend an der Bettkante des Krankenbettes saß. Vater bemerkte, dass ich es roch und bat mich, ich solle doch mal unter die Bettdecke schauen. Ich bemerkte dabei, dass der Katheter den Urin offensichtlich nicht mehr in den Urinsammelsack ableiten konnte. Es hatte sich deswegen eine große Menge Urin auf dem Bett angesammelt. Möglicherweise war der Schlauch an irgendeiner Stelle eingeklemmt. „Haben wir schon wieder einen Wickel mit dem Katheter! Was machen wir denn da?", sagte die Tagesschwester, nachdem ich sie ich per Knopfdruck herbeigeholt hatte. Mit einigen geübten Griffen bettete sie Vater um und entwirrte die Leitung. Sie komme gleich wieder und werde alles schön trocken machen, ließ sie beim Verlassen des Zimmers verlauten. Sie müsse nur noch hinaus in den Gemeinschaftsraum, denn es war gerade Kaffeezeit. Ich folgte ihr nach draußen. Dort saßen bereits alle Insassen der Station um die lange Tafel und warteten mehr oder weniger teilnahmslos auf ihren Kaffee und den Schokoladekuchen. Am Platz meines Vaters lag bereits seine Kronenzeitung bereit. Daneben angerichtet eine große Tasse Kaffee und auf einem kleinen Teller der Kuchen. Als ich mich umblickte, wurde Vater bereits von einer weiteren Pflegerin zum Essplatz gerollt. Ich solle doch Kaffee und seinen Kuchen zu mir nehmen, meinte Vater. Er esse und trinke kaum. Appetit habe er überhaupt keinen mehr. Laut Aussage der Schwester ging es mit dem Gewicht beängstigend weiter nach unten. Auch die Kraftgetränke, die ihm regelmäßig serviert wurden, lehnte er ab und so konnte man Vaters zunehmende Austrocknung nicht verhindern. „Vielleicht sollten wir nochmals versuchen, in der Geriatrie Infusionen zu geben", meinte ich, dem gerade anwesenden Sprengelarzt zugewandt. Er befürwortete meine Bitte und meinte, Vater solle ab dem nächsten Tag für eine Woche in die geriatrische Abteilung in die Dopplerklinik nach Salzburg, umso mehr als er ein einem leichten Infekt leide. Vielleicht könnten wir ihm noch ein paar Wochen an Leben schenken, dachte ich. An eine Genesung war zu diesem Zeitpunkt nicht mehr zu denken. Er war nicht nur sterbenskrank, er war ganz einfach alt und wollte offensichtlich nicht mehr weitermachen. Was mich und meine Schwester am meisten gewundert hatte, war die Tatsache, dass alles so schnell gegangen war.

Bis zum 92. Lebensjahr war er noch regelmäßig mit dem Fahrrad zur Busstation gefahren, um mit dem O-Bus vom städtischen Schrannenmarkt frisches Schöpsernes zu besorgen. Er bereitete sich die Lammteile stets mit vielen in Ringe geschnittenen Zwiebeln zu und dünstete die Speise bis sich das Fleisch von den Knochen löste und aß es dann genüsslich, wohl schmatzend und schlürfend, wie das so seine Art war. Ganz plötzlich war ihm dann eingefallen, nicht mehr einkaufen zu fahren, nicht mehr Rad zu fahren, sondern sich fortan durch Essen auf Rädern versorgen zu lassen. Das tat ihm dezidiert gar nicht gut. Er verließ darauf die Wohnung nur mehr selten, aß meist ohne Appetit und bekam mehr und mehr Ekel vor dem Essen, das überdies bereits um halb elf Uhr morgens gebracht wurde. Vielfach hat er die Portionen gedrittelt und in den Kühlschrank zur Aufbewahrung gestellt und dann bei Bedarf wieder aufgewärmt. Er dürfte bei den vielen angesammelten Portionen den Überblick verloren haben und manche zu lange liegen gelassen und wohl oft verdorbene Speisen zu sich genommen haben. Seine Unbeweglichkeit und auch seine angeborene Sparsamkeit (ja nichts wegwerfen!) führte letztlich zum körperlichen Kollaps, von dem er sich nicht mehr erholen sollte.

Da ich wusste, dass er für sein Leben gerne Hühnersuppe aß, fasste ich den Entschluss zu Hause ein zerteiltes Hühnchen mit viel Karotten und Sellerie, gewürzt mit Liebstöckel, in den Kochtopf zu geben und langsam auszukochen. Eine gar wunderbare Brühe war das köstliche Ergebnis, das ich Vater, mit reichlich Nudeln, zum Besuch in die Geriatrie mitbrachte. Vielleicht würde Vater, der kaum mehr was zu sich nahm, wenigstens diese Suppe essen. Er hatte nun schon zwei Tage lange nichts mehr gegessen und bekam Infusionen gegen die Austrocknung, gepaart mit starken Antidepressiva. Zu meiner Überraschung konnte er es gar nicht erwarten, als ich ihm sagte, ich habe Suppe für ihn gemacht. Er griff hastig nach dem Thermogefäß und trank zügig daraus, noch bevor ich ihm einen Löffel mit Suppe, Nudeln und feingeschnittenes Fleisch reichen konnte. Es war es ein wundersames Erlebnis, meinen Vater endlich wieder mal essen zu sehen, und das in meiner Gegenwart. Zudem aß er auch noch gierig die feingeschnittenen Karotten und das ausgelöste Hühnerfleisch. Ich musste ihn fast zurückhalten, so heftig schlug er zu und quittierte das mit einem tiefen „Ahhh… das war das Beste, was ich in den letzten Wochen zu essen bekommen habe".

So beschloss ich, ihm zukünftig jeden Tag eine gute Brühe zu bringen, Hühnersuppe galt in unserer Familie seit jeher als das natürlichste Antibiotikum. Das konnte Vater jetzt gut brauchen. Trotz der vehementen Proteste, Einwände und Belehrungen seitens des Pflegepersonals meinte die Stationsärztin, er solle sie ruhig essen solange sie ihm schmecke. Sie mich aber auch darauf aufmerksam, dass es nur mehr ein paar Wochen dauern würde mit Vater, möglicherweise sogar kürzer. Der Infekt sei jetzt abgeklungen und er werde wieder ins Seniorenheim Großgmain zurückverlegt. Man könne hier jetzt weiter nichts mehr machen. Sollte das Hochgefühl meines Vaters heute ein letztes Aufflackern gewesen sein? Ganzkonnte ich mich mit dem Gedanken daran noch nicht anfreunden.

Weihnachten 2009 verbrachten wir den Nachmittag des Heiligen Abends bei Vater im Seniorenheim. Wir entzündeten ein paar mitgebrachte Kerzen und steckten einen kleinen Plastik Tannenbaum mit elektrischen Kerzchen an und sangen „Es wird scho glei dumpa" und „Stille Nacht, Heilige Nacht". Bei beiden Liedern bemühte sich Vater redlich mit uns im Chor zu singen. Singen war sein ganzes Leben seine Leidenschaft gewesen. Noch bis zum 88. Lebensjahr sang er aktiv in einem Salzburger Chor. Da wäre es ja gelacht, wenn er das jetzt nicht schaffen würde, meinte er.

Als mitten in unserer Familienfeier die Tür aufging und der Bürgermeister der Gemeinde Wals erschien, um Vater seine Weihnachts- und Genesungswünsche zu übermitteln, sah Vater stolz zu ihm auf, blickte in die Runde und schmetterte ihm folgende Worten entgegen „Es wird bis zum Schluss gekämpft, mein Kamerad! Noch ist das Vaterland nicht verloren!" Diese markige Aussage Vaters in seinem derzeitigen misslichen Zustand traf mich tief in meinem Innersten. War mein Vater etwa immer noch im Krieg? Standen die Worte „Kampf", „Durchsetzen", „Durchhalten" etc. für ihn im Zentrum seiner Existenz? Dem war wohl so. Jetzt ging mir ein Licht auf und ich verstand, warum er in dieser oder jener Situation manchmal so befremdend reagiert hatte. Der Krieg mit seinen ganzen Nachwirkungen war für Vater offensichtlich nie ganz beendet gewesen. Er hatte sich in seinem ganzen Leben in ständig wachsamer Bereitschaft befunden, immer bereit, im richtigen Zeitpunkt zuzuschlagen. Diese posttraumatischen Elemente an seinem Wesen erklären seine ständige Neigung zum Konflikt, zum vorsichtigen Abschätzen jeder Lage, zum grundtiefen Misstrauen allen neuen Gegebenheiten und Umständen gegenüber und sein Bedürfnis, jede Situation fest im Griff zu haben, um sich für den Bedarfsfall stets eine günstige Angriffsmöglichkeit oder wahlweise eine Fluchtmöglichkeit offen zu halten. Das erklärte wohl auch, dass er bei Gasthausbesuchen immer als letzter Platz nahm, um einen Außenplatz einzunehmen. Niemals saß er deswegen auch mit dem Rücken zur Eingangstüre, sondern stets frontal dazu. Niemals den Feinden den Rücken zukehren hieß es für ihn. Und Feinde lauerten überall. Auch in der Gaststube.

Nachkriegszeit in Berlin und Oberösterreich – der Autor erzählt

Noch am selben Abend blätterte ich nochmals durch das Album mit den Berliner Aufnahmen meiner Familie. Wir waren eine fünfköpfige Familie und ich schien sehr willkommen gewesen zu sein und war zum neuen Mittel-

1946, Berlin die junge Familie und ich, im Mittelpunkt

punkt der jungen Familie geworden. Das konnte ich immer wieder beim Betrachten der alten Aufnahmen entnehmen.

Vater hatte mir erzählt, dass wir seit meiner Geburt, die eintönigen und grauen Kartoffeltage mit frischer Milch erhellen konnten, da wir jetzt, seit meiner Ankunft in dieser Welt, extra Rationsmarken bekamen. Kartoffeln gab es damals in allen erdenklichen Variationen. Vater zweigte bei seinen täglichen Kartoffeltouren mit seinem Leutnant immer einige Kilos für uns ab. Am begehrtesten waren Pellkartoffeln in gesalzener Milchstippe. Aus Erzählungen Vaters wusste ich auch, dass Kartoffelpuffer mit Streuzucker, in Ausnahmefällen auch mit Konfitüre zu den Höhepunkten unserer damaligen Kost gehörten.

Vater schien die eintönige Kartoffelkost trotz der Kochkünste meiner Mutter dann doch zu viel geworden sein. War es pures Heimweh oder auch die triste berufliche Situation, die ihm Berlin bot – es keimte in ihm seit einiger Zeit der Gedanke, nach Hause nach Österreich zurückzukehren. Vater und Mutter berieten sich über unsere Ausreise und das Schicksal meiner Halbgeschwister.

Er könne doch nicht mit einer fünfköpfigen Familie in Oberösterreich auftauchen. Was würden seine Mutter, seine Leute da sagen? Meinte Vater. Eine Katastrophe von Wirrwarr begann sich im Kopfe meiner Mutter zu drehen. „Nur mit Vater und mir nach Österreich. Nein, das würde ihr und ihren Kindern aus erster Ehe das Herz zerreißen", dachte sie. Niemals hat es mir jemals jemand erklären können und ich habe es letztendlich auch nicht verstanden. Mutter hat schließlich aus zweckdienlicher Kompromissbereitschaft eingewilligt, meinen Halbbruder Wolfgang vorerst einmal bei seiner Tante in Berlin zurück zu lassen, Schwester Christa aber würde sie auf jeden Fall nach Österreich mitnehmen.

Die Ausreise nach Österreich mit Vater, Mutter und meiner Halbschwester Christa fand schließlich im Sommer 1947 statt und war eine abenteuerliche Sache. Wir bekamen für die Zugreise einen Teil eines Viehwagons für mein Gitterbett und einige Strohballen für meine Familie zugewiesen. Ich verschlief mehr oder weniger gut gebettet die lange Fahrt und wachte erst wieder auf, als der Zug am Hauptbahnhof Salzburg einfuhr. Dort sollte unsere Zugreise vorläufig zu Ende sein. Vater hatte mit seiner Cousine Hilde vereinbart, uns am Bahnhof mit Sack und Pack abzuholen. Die wenigen Habseligkeiten, die wir hatten, waren in Rucksäcken und einigen Koffern und Holzkisten verstaut. Das Kinderbett wurde noch am Bahnhof in seine Einzelteile zerlegt und dann alles im Auto von Cousine Hildes Freund Jussy verstaut. Voll bepackt ging es dann ab nach Scharnstein zu meinen Urgroßeltern. Erst später erfuhr und verstand ich in zahlreichen Gesprächen mit meiner Mutter, welchen heftigen Kulturschock sie beim Eintreffen in Scharnstein erlitten haben muss. Rückständigkeit, und Abgeschiedenheit, die latente Feindseligkeit und die Sturheit der Bevölkerung des Ortes wirkten für sie wie ein Hammerschlag auf ihr ohnehin schon gebeuteltes Haupt. Hammerschläge, die vom nahe gelegenen Hammerwerk (dem „Geyerhammer") kommend, die Grundmauern der werkseigenen Wohnhäuser erdröhnen ließen und diese Reize verstärkten. Wir waren in einem Ort gelandet, der ganz von der Omnipräsenz der Sichel- und Sensenwerke Redtenbacher gekennzeichnet war und weniger bäuerliche Strukturen als die umliegenden Orte aufwies.

Vater hatte ursprünglich wohl gehofft, wieder als Kaufmann im werkseigenen Konsum einsteigen zu können. Er wurde bitter enttäuscht. Ein Gespinst aus Missgunst und Intrige um seine militärische Vergangenheit verhinderte seine Neueinstellung in seinem ehemaligen Lehrbetrieb.

Um 1900 – der alte Geyerhammer in Scharnstein

Nun arbeitete ja sein Stiefvater „Tati" als Werkmeister und Abteilungsleiter im Sichelwerk. So konnte er mit dessen Hilfe wenigstens eine der begehrten Stellen als Facharbeiter in dieser Betriebsstätte erheischen und arbeitete dort Seite an Seite mit seinem Stiefvater und seinem Halbbruder Florian bis zu seinem Eintritt ins österreichische Bundesheer im Jahre 1955.

Kindheit und Jugend in Oberösterreich – Erinnerungen des Autors

Meine eigene Erinnerung geht wohl bis auf das Jahr 1951/1952 zurück und ich habe noch immer Bilder dieses

ca. 1921 – Sichelwerk in Scharnstein

Lebens tief in mir. Manchmal besuchte ich Vater und Onkel an ihrer Arbeitsstätte und wurde von unserem Tati, dem Werkmeister, durch die Fabrikhallen geführt. Er erklärte mir alles, was sich in der Produktion abspielte und ich sah den Arbeitern bei der Fertigung der Sicheln interessiert zu. Es umgab mich ein undurchschaubares, und lärmendes Gewirr von unzähligen Menschen, monströsen Maschinen und ständig laufenden Antriebswellen, die mittels langer Lederriemen mit den Antriebsrädern der jeweiligen Maschinen verbunden waren. Diese Bilder sind für mich aber keineswegs Bilder der Verachtung für die Zeit damals dort oder gar Verachtung meinem Vater gegenüber, der nichts Besseres zu tun wusste als Holzgriffe an Sichelschäften zu befestigen und diese zu finalisieren, Verachtung für die Leute, die einen dupf - derben aber menschlichen Einschlag hatten. Im Gegenteil. Ich habe damals mitbekommen und zehre noch heute davon, was es heißt, mit harter Arbeit sein Brot zu verdienen, in Bescheidenheit zu leben, mit geringsten Mitteln froh zu sein und mit Menschen auf kleinsten Raum friedlich auszukommen.

Neben einer Wohnung wurde jeder Arbeiterfamilie ein großes Stück Garten zum Anbau von Kartoffeln und sonstigem Gemüse, sowie eine geräumige Holzhütte für das Halten von Schweinen und Kleingetier (meist Kaninchen) zur Selbstversorgung zur Verfügung gestellt.

War es für meine Mutter eine Periode der schwierigen Akklimatisation, so war diese Zeit für ganz einfach ein

Teil meiner Kindheit und die war allemal aufregend und abwechslungsreich. Für sie war vor allem das völlige Fehlen einer Wasser- und Heizungsinstallation, wie aus Berlin gewohnt, eine der größten Unzulänglichkeiten. Hier im Scharnstein der fünfziger Jahre gab es in den meisten Häusern Wasser aus dem Brunnen im Hof des Hauses, das in Kübeln in die Wohnung getragen werden musste. Damit füllte man das sogenannte „Schiff", das ein Wasserreservoir im Dauerbrandofen in der Küche war. Auf diesem Ofen wurde auch auf einem holzbefeuerten Plattenherd mit herausnehmbaren Ringen gekocht und warmes Wasser konnte man bei Bedarf (für die Waschschüssel oder die Zinkbadewanne) aus dem Schiff ablassen. Wenn man daran gewöhnt war, funktionierte das ganz gut. Wenn nicht, musste man auf einiges verzichten. So auch die tägliche Dusche unter einem Strahl warmen Wassers. Mutter wollte nicht ganz darauf verzichten und badete stets in einer kleinen Zinkwanne und ließ sich von Christa das warme Wasser mittels einer Gießkanne über den Körper gießen, was von Vater argwöhnisch beobachtet wurde, umso mehr als sich rund um die Wanne das ausgeflossene Wasser im Wohnraum verteilt hatte.

Das hieß nicht, dass die Männer im Orte sich nicht duschten. Es gab ca. einen Kilometer von unserem Wohnhaus entfernt, zu diesem Zwecke die sogenannte „Schmiedbrause", die jeder Werksarbeiter verwenden konnte, so oft er wollte. Ich begleitete Vater oft dorthin und genoss es, mir mit dem Inhalt eines Briefchens 4711 Shampoo die Haare zu waschen und den warmen Strahl der starken Brause über meinen Kopf laufen zu lassen, bis die Duschzelle vom Dampf so eingelullt war, dass ich meine eigenen Hände nicht mehr erkennen konnte, wohl auch aus dem Grunde, dass meine Nacktheit von den badenden Arbeitern nicht bemerkt werden würde. Noch heute habe ich den feuchtholzigen Geruch der Schmiedbrause in der Nase.

Nach der Dusche ging es für gewöhnlich am Stangensitz des Steyrer Waffenrades meines Vaters, das die Kriegsjahre im Hause meiner Großmutter im „Häusl auf der Leiten" wohl behütet überlebt hatte, wieder nach Hause oder zu Großmutter oder auch zu Onkel und Tante und manchmal auch zum „Alten".

Die Besuche bei meiner Oma „auf der Leiten", bei Onkel und Tante oder auch beim alten Großvater gehören zu ganz wichtigen Eckpunkten meiner Kindheit. Erstens war ich bei allen immer gerne gesehen und umhätschelt und zweitens gab es immer etwas Gutes zu Essen. Alle bemühten sich, dass es dem Hansilein ja an nichts fehlen würde.

So gehörte es bei Tante Maxi zum Ritual, dass ich des Winters mit roter Grütze, die sie mit Himbeersaft und einem Geliermittel herstellte, verwöhnt wurde. Meist aß ich eine ganze Schüssel voll dieser picksüßen Speise. Im Sommer war ein besonderer Genuss, Tante Maxis Erdbeerschaum. Dazu gingen wird beide in den Hausgarten und pflückten die reifen Erdbeeren frisch von den Stauden. Das waren kleine Erdbeeren, nicht die großen wässrigen Früchte, die man heute in den Märkten angeboten bekommt, die einen besonderen Duft ausströmten und einen äußerst intensiven Geschmack hatten. Ich durfte die Erdbeeren mit einer Gabel unter Zugabe von Staubzucker zu Püree zerquetschen. Tante Maxi machte in der Zwischenzeit von einigen Eiklar steifen Eischnee. Dann wurden alle Zutaten vorsichtig vermengt und dann dauerte es meist nur einige Minuten und ich hatte eine große Portion unter dem Beifall der Anwesenden verdrückt.

Bei meiner Großmutter gab es wieder einen süßen Favoriten: das süße Pfannküchlein, das sie in einer nur zehn Zentimeter im Diameter messenden Pfanne für mich zubereitete. Sie nahm dazu, so glaube ich zumindest, zwei verquirlte Eier, etwas Salz, ein bis zwei Teelöffel Stärkemehl und zum darüber Streuen, Staubzucker. Köstlich, einfach köstlich! Der intensive Geschmack und die tiefgelbe Farbe der Eier, die von den eigenen braungefiederten Hühnern stammten, die ständig vom Haus bis hinunter zum Bahndamm nach fetten Regenwürmern gräbelten[4], haben tiefe Spuren in meinem Gedächtnis hinterlassen.

Weniger sensationell war das obligate Streichkäsebrot und das Glas Ziegenmilch dazu. Großmutter hatte näm-

---

[4] oberösterr Dialekt.: Nennform.: gröwin

lich die Angewohnheit, das auf der Brotscheibe verteilte Eckerl Almakäse nachträglich noch mit ihrem krummen Zeigefinger glattzustreichen und das, was von dem Gestreiche auf ihrem Finger übrig blieb, noch genüsslich abzulecken. Manchmal kam der Finger halt wieder zurück auf das Brot……. Ich aß trotzdem und trank die streng schmeckende Ziegenmilch, auf welcher immer irgendwelche schwarzen Punkte und manchmal auch kleine Stallfliegen schwammen, in einem Zug aus. Waren das damals die sogenannten natürlichen „Impfungen" und die Einleitung zu meinem lebenslangen allergiefreien Leben?

Großmutter war nach ihren langen Jahren als Gastwirtin in ihrer Ruhestandszeit eine richtige Kleinhäuslerin geworden, die sich zu einem großen Teil von eigenen Produkten ernährte. Ziegenmilch, Hühnereier, Hühnerfleisch, Beeren und Steinobst sowie Gartengemüse. Zusätzlich benötigte Lebensmittel und das Brennholz besorgten ihre beiden Söhne. Kleinholz, das sogenannte Ried, sammelte sie noch selber und hackte die fingerstarken Zweige in gleich lange Stücke um sie dann feinsäuberlich zu runden Paketen an der Stallwand aufzutürmen. Das in der Südsonne durchgetrocknete Ried verwendete Großmutter für das Anheizen der Holzöfen in Küche und Stube, was ein charakteristisches, stakkatoartiges Prasseln durch das Haus strömen ließ.

Bei meinem Urgroßvater ging es mir noch besser. Mein Vater erzählte mir, dass er buchstäblich in mich vernarrt gewesen war und sich vor allem daran erfreute, wenn ich seine, meist aus Fleisch bestehenden Speisen, mit großem Appetit verdrückte. Meist gab es klare Fleischbrühe mit Nudeln und ein Stück gekochtes Fleisch, von dem mir Urgroßvater mundgerechte Stückchen abzuschneiden pflegte. Legendär dabei war sein gleichsam lockendes wie aufmunterndes „Putt, putt Hansi! Putt, putt", das meinen ungezügelten Appetit noch weiter aufstacheln sollte.

Noch heute erfreuen sich meine Gäste, meine Töchter, sowie mein Enkelkind der Tatsache, dass sie auf der hundert Jahre alten Holzbank von mir gefüttert werden, auf der ich beim „Alten" zu sitzen pflegte. Wir hatten die Bank als Erbstück von ihm mitgenommen und sie scheint gewiss noch einige Generationen zu überdauern, so stabil gebaut ist sie.

2014 Urgroßvaters Holzbank heute, nach mehr als hundert Jahren immer noch in Gebrauch

Zu essen hatten wir gut und reichlich damals in den frühen fünfziger Jahren. Arbeitslosigkeit kannte man nicht und jeder im Ort war in irgendeiner Weise, neben dem Beruf auch noch Selbstversorger. Man hielt sich Hühner, Ziegen, Enten, Schweine und vielfach Kaninchen und baute Gemüse und Küchenkräuter an. Auch die verschiedensten Sorten von Obst und Beeren wurden kultiviert. Die Ernte der roten und gelben Ribiseln war in unserem Wohnhof ein jährlich sich wiederholendes Kollektivereignis, das im Bereich der Gemeinschaftsgärten und Nahe am Brunnen stattfand. Da wurde getratscht, gescherzt und geschimpft und manch Freundschaft geschlossen und Feindschaft bereinigt. Alle halfen dabei zusammen und standen mit Ihren Erntekörben Schlange vor der Entsaftungsmaschine, die von einer Familie Willinger vom Nebenhaus zur Verfügung gestellt wurde. Man wechselte sich bei deren Bedienung stets ab, denn das mit einer Kurbel zu bedienende Gerät verlangte einem bei einem Dauerbetrieb von einigen Stunden viel Kraft ab. Während die Frauen den roten, wohlriechenden Saft in großen Töpfen auffingen, kamen aus einem anderen Ende der Maschine Würstchen aus Kernen und Schalen der Früchte zutage, die die Willingers als Futter für ihre Schweine beanspruchten. Dann ging es ab in die Küchen und die Ernte wurde zu Gelee und Fruchtsaft verarbeitet und zur Bevorratung im Keller abgestellt. Auch Stachelbeeren, Himbeeren und Äpfel wurde auf ähnliche Weise verarbeitet.

Sensationell war auch der dicke, zähflüssige Hollersirup, den Mutter jedes Jahr aus den gerebelten Holunderbeeren herstellte. Diese wurden zuerst gekocht und dann durch ein großes Tuch gepresst. Der aufgefangene Saft war völlig rückstandsfrei und wurde anschließend mit Zucker solange reduziert, bis sich eine zähflüssige, schwarzblaue und in der Konsistenz an Honig erinnernde

Masse ergab. Ein Stück Schwarzbrot mit Butter oder Margarine und darauf Mamas Holundersirup, das war unser Jausenfavorit.

Wir bereicherten unsere vornehmlich vegetarische Küche häufig mit Fleisch von eigenen Kaninchen, die wir in unserer Holzhütte jenseits des Mühlbaches (im Ort lapidar „der Bach" genannt) hielten. Ich ging gerne mit Vater zur Hütte, um mit den Tierchen zu spielen und sie mit Bärentatzen und Löwenzahn zu füttern. Ich hatte sie alle lieben gelernt aber auch lernen müssen, dass man sie zum Zwecke des Verzehrs manchmal töten und ihnen das Fell über die Ohren ziehen musste.

Interessiert sah ich Vater bei dieser Arbeit zu. Er erklärte mir dabei immer genau was er tat und hatte nichts dagegen, wenn ich ihn bei seiner Schlachtarbeit beobachtete. Er erzählte mir später, dass er seine innere Abneigung gegen das Töten mit einem gut durchdachten Trick überwand. Er ergriff das jeweilige Kaninchen unsanft am Genick, worauf das Tier sich meist vehement wehrte und manch Kratzspur auf Vaters Hand hinterließ. Mit gespielter Wut im Bauch betäubte er das arme Vieh mit einem gezielten Schlag vor den Kopf mittels eines bereitgehaltenen Buchenscheits. Nach einem Stich und scharfem Schnitt durch den Hals, ausgeblutet und an den Hinterläufen an einem Schlitz zwischen Sehnen und Knochen an zwei Hunderternägeln an der Hüttenwand aufgehängt, erfolgte die Häutung. Nach einem weiteren Schnitt von oben nach unten bis zur blutenden Wunde am Hals, quollen dampfende Gedärme und Innereien aus der Mitte des Kaninchenkörpers und verströmten einen warmsüßlichen Geruch. In einem darunter stehenden grauen Metallkübel wurde das Gekröse aufgefangen und die essbaren Teile, wie Leber, Magen und Lunge aussortiert.

Die frische Leber war meist Vaters Belohnung für die getane Arbeit. Mutter, Christa und ich bekamen aber meist davon was ab. Der ausgekochte Hasenkopf stand aber Vater zur Gänze zur Verfügung. Er pflegte ihn gewöhnlich mit einem starken Messer zu spalten und labte sich behände und zufrieden an dem herausgeschälten Hasenhirn. Niemand in der Familie wäre auf die Idee gekommen, Vater etwas von den Hasenköpfen streitig zu machen, rief diese Speise wohl eher Unbehagen als Verlangen in uns hervor.

Bei der Zubereitung des Kaninchenfleisches gab es zwei Hauptrezepte. Kaninchen geschmort mit Soße oder Kaninchen mit Mehl, Ei, und Brösel paniert und in Butterschmalz gebacken. Beilage waren fast immer hauseigene Kartoffeln in der Schale. Eine Mahlzeit bestand für Vater vor allem aus Kartoffeln mit einer Beilage aus Fleisch. Diese Angewohnheit hatte er sich sein ganzes Leben bewahrt. Gab es bei mir oder auch im Gasthaus Reis als Beilage zum Essen, bestellte er eine Extraportion Kartoffeln. Gab es Kartoffeln als Beilage, bestellte er sich ebenso eine Extraportion Kartoffeln. Kartoffeln zu Kartoffeln also. Das war Gesetz.

Manche Nachbarn hielten neben Kleintieren auch Schweine, die sie in den beengten Holzhütten mit Haustrank mästeten. Dann und wann gab es ein Schlachtfest bei einem dieser Nachbarn. Ich hielt mich zu Beginn vom Schlachtplatz am „Bach" in einiger Entfernung auf, da ich aus Erfahrung wusste, dass nach dem Entfernen der Gedärme, die volle Harnblase als Spritzinstrument verwendet wurde und die neugierig herumstehenden Gaffer unter dem schallenden Gelächter der Söhne des Schweinehalters regelmäßig mit Schweineurin bespritzt wurden. Was mich vor allem interessierte, war das Anrühren des austretenden Blutes, das mit einem hölzernen Kochlöffel aber auch mit bloßen Händen geschah. Aus diesem Blut und bereitgestellten Zutaten bereitete man meist an Ort und Stelle prall gefüllte Blutwürste zu, die in einem Kessel überbrüht wurden. Häufig bekam ich eine Wurst ab und brachte diese, quasi als Jagdtrophäe, stolz mit nach Hause.

Ich war damals schon Hauptschüler und besuchte die erste Klasse der Hauptschule Mühldorf und genoss dieses abwechslungsreiche Leben im Ort. Die Schule war etwa anderthalb Kilometer von unserer Wohnung entfernt und der Weg dorthin konnte in zwanzig bis dreißig Minuten bewältigt werden. Meist brauchte ich aber eine Stunde oder mehr, da ich jeden nur erdenklichen Umweg auskostete, um ja nicht zu schnell nach Hause zu kommen.

Am liebsten saß ich am Rande des Wehrs, welches den „Bach" vom Hauptfluss, der Alm ableitete und beobachtete die prächtigen Forellen, deren Zeichnung durch das kristallklare Wasser bis ins Detail zu sehen war.

Bei solchen Gelegenheiten sinnierte ich häufig über den Forellenfang mit meinem Onkel. Er war für mich der Meister des Almtales im Forellenfischen. Sein besonderer Trick war das „Koppen ködern". Die überall in der Alm leicht mit der Hand zu fangenden Koppen wurden geköpft, mit einem Bleikopf und einem Doppelangelhaken versehen, verschnürt, an der Angelschnur befestigt und in weitem Wurf in den Fluss befördert. Onkel Florl lockte die Forellen mit gekonnten Wippbewegungen an. Diese waren so wild auf diesen Köder, dass während eines Fischganges eines halben Tages zwei bis drei Lagen (das waren die länglichen tragbaren Holzfässer, in denen die Fische lebend transportiert wurden) gefangen wurden. Oft hingen nur mehr Hautfetzen am Köder mit dem deutlich sichtbaren Ködergeschirr. Das hinderte die Forellen dennoch nicht, noch einen Biss und wieder einen Biss zu wagen. So kamen pro Tag je nach Größe der Beute sechzig bis neunzig Fische zusammen, die an die 30kg auf die Waage brachten. Es gab damals keine Beschränkung bezüglich der Größe des Fanges. Heute wäre das nicht vorstellbar. Der Fischfang war damals nur bedingt Freizeitbeschäftigung. Entscheidend dabei war nicht nur der sportliche Aspekt, sondern das Bestreben, so viel wie möglich Fische zu fangen, um zu Hause die Bachbehälter zu füllen. Das reichte dann einige Wochen für die entsprechende Abwechslung am Speiseplan.

Nachdem ich einige kapitale Forellen bei ihrem Flossenspiel beobachtet hatte, blieb ich während meines nach Hause Weges, meist beim Sägewerk stehen und beobachtete fasziniert, wie die Holzarbeiter auf dem im „Bach" treibenden Holzstämmen hin und her balancierten und mit langen Stangen mit Eisenhaken die Stämme in die ihnen bestimmte Richtung bugsierten. Besonders fasziniert beobachtete ich wie die geflößten Baumstämme dann von zwei starken, gerillten Eisenwalzen erfasst wurden und von den vertikal laufenden Sägeblättern buchstäblich gefressen und in gleichstarke Pfosten gesägt wurden.

Endlich zu Hause angekommen, gab es die übliche Schelte. Zu essen gab es zunächst nichts. Ich müsse noch schnell zum Bauer Mädl Milch holen. Die Jahre zuvor hatte ich den Weg mit meiner Schwester Christa fast täglich zurückgelegt und dabei mehr als einmal den Weg verflucht, so langweilig war er mir geworden. Jetzt fuhr ich, wenn Vaters Waffenrad zur Verfügung stand, dieses als Tretroller verwendend, zu besagtem Bauern und holte meist zwei Liter frischer Kuhmilch.

Wir kannten die Bauern seit unserer Ankunft im Ort und hatten mit ihnen ein ausgezeichnetes Verhältnis. Ich erinnere mich noch genau an das Ritual der Milchverteilung. Die frisch gemolkene Milch stand am Gang des Bauernhofes auf einem größeren Tisch, aufgeteilt in mehrere einfache, kleine, mittlere und größere Kochtöpfe zum Verkauf bereit. Man konnte erkennen, dass die Milch ganz wenig entrahmt war. Wenn die Mädlbäuerin die Milch in unsere Milchkanne goss, blieb am Innenrand des Topfes regelmäßig ein gelblich-weißer Film übrig, der aus reinstem Rahm bestand. Mit einem kreisförmigen Fingerstrich beförderte sie diesen Rahmanteil in unsere

Milchkannen, freilich nie ohne den an ihrem Finger haften gebliebenen Film genüsslich abzulecken.

Ich befestigte dann die Kanne an der Lenkstange des Fahrrades, schwang mich mit dem linken Fuß auf das Pedal und stieß mich mit dem rechten Fuß ab über Feld und Wiese, Stock und Stein bis nach Hause. Einige wenige Male kam ich aber mit weniger Milch nach Hause als ich ausgefasst hatte. Entweder ich war gestürzt oder die Milch hatte sich bei übermütigem „Kannenluftkreisen" verflüchtigt. Da bekam ich selbst von meiner sonst sehr friedfertigen Mutter mit dem Kochlöffel eine übergezogen und musste zur Strafe nochmals zum Mädlbauern ausrücken.

Eines Tages übertrieb ich und machte als besondere Mutprobe bei geschlossenen Augen mit der gefüllten Kanne wieder Windflügel, stolperte und vergoss wohl mehr als die Hälfte des Inhalts. Statt zum Bauern zurückzufahren, fuhr ich zur Hochwasser führenden Alm hinunter und füllte die Kanne mit der bräunlichen Flussbrühe wieder auf, um einer Tracht Prügel zu entgehen. Als ich in der Küche ankam, ahnte meine Mutter schon, dass ich wieder etwas ausgefressen hatte und stand mit dem Kochlöffel in der rechten und mit der linken Hand an die Hüfte gelegt am Herd. Was denn mit der Milch sei, wollte sie wissen. „Nichts, alles da", antwortete ich. „Was ist denn das?", sagte meine Mutter nach dem sie einen kleinen Schluck von der Hochwassermilch probiert hatte und in hohem Bogen wieder ins Spülbecken spuckte. „Pfui Spinne. Das ist doch die Höhe!" schrie sie durch die Küche. Der Rest ist klar und ich musste retour und versprach, dies nie wieder zu machen.

Ganz gelang es mir nicht, dieses Versprechen zu halten, denn ich hasste es einfach, hundemüde, hungrig und verträumt aus der Schule nach Hause zu kommen, mich den halben Weg wieder zurück zum Mädlbauer zu begeben, um die tägliche Milchration für unsere Familie zu holen. Gott sei Dank hatte meine Mutter Erbarmen mit mir und kaufte dann öfter die Milch im nahe gelegenen Gemischtwarenladen. Ich war damit entlastet, konnte gleich nach dem Mittagessen hinaus in die Natur und zu meinen Spielkameraden.

Mit meinen Freunden herumzutollen war mein tägliches Abenteuer. Obwohl der Ort relativ klein war, war das Umfeld dort ein einziger Abenteuerspielplatz. Von der Alm bis zum Mühlbach, den Industrieanlagen, Bergen, Wäldern, Felsen, Tälern, Heuschobern und zahlreichen Verstecken, Höhlen und verfallenen Bauernhäusern, bis hin zur Burgruine und der alten, im Verfall begriffenen Holzsprungschanze. All das war mein Revier. Ein heutiger Freizeitanlagenplaner könnte sich eine derart vielfältige Spiellandschaft gar nicht ausdenken. Das war gewachsene Natur- und Kulturlandschaft erster Güte, die meine Kindheit entsprechend geprägt hatte.

Vaters letzte Tage im Heim – der Autor erzählt

Vater aß nun schon seit drei Tagen gar nichts mehr und trank nur schluckweise leicht gesüßten Saft. Ich bekam einen Telefonanruf vom Sprengelarzt. Ich solle doch gleich ins Seniorenheim Großgmain kommen. Er wolle mit mir sprechen. Als ich durch den Wald hinaus über die ehemalige Römerstraße fuhr, wurde mir klar, dass ich diesen Weg zu Vater nicht mehr oft fahren würde. Der Arzt sagte mir Dinge, die ich gar nicht mehr wahrnahm, da ich wusste wie es um den alten Herrn stand.

Vater in seinem Bett, an das er nun schon seit etwa fünf Monaten gefesselt war, sah heute nicht schlechter aus als sonst. Ich musste mich ganz nahe zu ihm setzen, um mich ihm verständlich zu machen. „Alles … deine Emma", sagte er scherzend zu mir und äußerste noch mehr oder weniger belanglose Dinge. Wie es den Kindern gehe, ob Dagmar noch beleidigt sei, dass er keinen Appetit habe usw. Ansonsten hielt ich seine Hand und sagte gar nichts, während er ganz flach im Bett liegend in Richtung Zimmerdecke ins Leere starrte. Ich fuhr dennoch beruhigt wieder nach Hause, ganz im Bewusstsein, dass er doch bald seine ewige Ruhe finden würde.

Am nächsten Tag ging es ihm merklich schlechter. Als ich wieder vor seinem Bett stand wurde mir klar, dass ich am Vortag seine letzten Worte vernommen hatte. Er hatte zu mir gesagt „Gehst schon? Kommst eh morgen wieder?". Heute lag er da in derselben Position wie gestern und atmete einen lebensfernen Rhythmus, ganz tief und automatisch. Das Kinn nach oben gerichtet und der Mund war weit geöffnet. Es gab aber keinen bewussten Kommunikationsaustausch mehr mit ihm. Möglicherweise hörte er mich als ich zu ihm sprach, möglicherweise spürte er es als ich seine Hand hielt und ihm Abschiedsworte zuflüsterte. Ich weiß es nicht, aber es half beiden. Er befand sich auf dem Weg nach Drüben, das war jetzt klar, auf einem Weg von dem es keine Rückkehr mehr gab.

Jetzt war der Moment gekommen, wegen der Krankensalbung den Pfarrer zu rufen. Trotz seines Bruches mit der Kirche vor mehr als fünfzig Jahren empfing Vater am 20. Februar 2010 das heilige Sakrament der Salbung seitens des katholischen Pfarrers von Großgmain. Es war sein Wunsch gewesen und ich tat, was mir geheißen. An diesem Tage wollte Vater aber noch unter den Irdischen bleiben und wir standen vor der Entscheidung die Nacht über im Heim zu bleiben oder zu hoffen, ihn am nächsten Tag noch lebend zu sehen.

Tatsächlich ging der nächste Tag ähnlich vorüber. Er starrte, atmete tief und geräuschvoll, nahm seine Umwelt nicht mehr wahr und das bereits seit mehr als 48 Stunden. Nach und nach kamen meine Familie und die Familie meiner Schwester Elfi, um sich von Vater zu verabschieden. Auch in seinen letzten Stunden zeigte uns Vater, wer der Herr im Hause war. Er wollte uns ganz offensichtlich mit seinem Ableben nicht zur Last fallen und entschied sich, ganz alleine, erst in der folgenden Nacht, für immer von uns zu gehen. Um vier Uhr früh des 22. Februars 2010 hatte sich Vater für immer von dieser Welt verabschiedet.

Dreiundneunzig Jahre Leben, Freude, Leid und Entsagung hatten ein Ende gefunden. Um acht Uhr früh packte ich alle Sachen, die Vater in seinem letzten Haus tragen würde, fuhr damit nach Großgmain, übergab sie stumm einer Schwester und ging schweren Schrittes in Vaters Zimmer. Da lag er nun, mit friedlichem Blick und geschlossenen Augen, mit asketischem Antlitz und etwas fahler als sonst.

2008 Vater im Alter von 92 Jahren

Ich erinnere mich noch genau an diesen Anblick. Vier Tage später, als ich mich bei der Sargöffnung mit einem „Ruhe in Frieden" endgültig von ihm verabschiedete, begegnete er mir wieder, dieser Anblick. Er hatte seine Ruhe gefunden.

R. I. P.

Weitere Publikationen des Autors

1. WE ROCKED SALZBURG - Bands und Musiker von der Nachkriegszeit bis in die 1980er,

Colorama Verlag Salzburg 2012, 160 Seiten, ISBN 978-3-902692-54-2, http://www.colorama.at/

Als Bassist der speziell Ende der 1960er Jahre erfolgreichen Band Les Marquis war und ist Autor Hannes Stiegler selbst Teil einer Ära, die in der Besatzungszeit mit den amerikanischen Jazz-Clubs begann und sich über die Flower-Power-Bewegung bis zum Hard Rock der 1980er Jahre spannt. In diesem Buch beschreibt der Insider mehr als 140 Bands und 500 Musiker aus Stadt und Land Salzburg, hebt Ausnahmetalente wie T. C. Pfeiler, Gerhard Laber, Heli Punzenberger, Siegwulf Turek oder Mike Honzak hervor und beschreibt die Auftrittsorte der damaligen Zeit. Dieses Nachschlagewerk weckt Erinnerungen an längst vergangene, aber unvergessliche "wilde" Tage - und Nächte.

Details:
Umfang: 160 Seiten, mehr als 290 Abbildungen
Format: 22 x 28 cm
Cover: Softcover, UV-hochglanzlackiert, Klebebindung
Ladenpreis: 24,95 EUR

2. ChronoLogisches
1967 – 2013 Lyrik Sprüche, Prosa (Auswahl)
ISBN: 978-3-7357-8735-4
BoD – Books on Demand, Norderstedt 2014

Umfang: 125 Seiten,
11 Abbildungen
Format: 15,4 x 12,5
Cover: Softcover Hochglanz, Klebebindung
Auch als E-book erhältlich

3. Tief aus meiner Seele, inspiriert an der Lyrik Georg Trakls, ISBN 978-3-7357-3890-5, 76 Seiten, BoD-Books on Demand, Norderstedt 2014,
TB € 9,49   E-Book € 5,99

Hannes Stiegler unternimmt in diesem Gedichtband einen Ausflug in die Gedankenwelt des Salzburger Poeten Georg Trakl 1887 -1914. Anhand von 51 eigenständigen Gedichten lässt sich Hannes Stiegler thematisch und stilistisch von Trakls Lyrikwelt inspirieren. Ein anspruchsvolles Experiment.

4. Sinnseiten 2014 – 2015, Sinnliches, Sinniges und Sinnhaftes aus den Jahren 2014 - 2015, 44 Seiten, ISBN 978-3-7347-8258-9, Verlag: Books on Demand, Norderstedt 2015 TB € 7,50 E-Book € 4,49

Hannes Stiegler (Autor der Bücher "ChronoLogisches„ und "Der Hauch der Gewesenen", und „Tief aus meiner Seele", (alle erschienen 2014 bzw. 2015 bei BoD) setzt mit diesem Band seine schriftstellerische Tätigkeit fort und begibt sich mit seinen Gedanken in sein Innerstes, in seine Traum- und Tagwelten. Er nimmt sich auch kein Blatt vor den Mund, wenn er sich auf politische und philosophische Pfade begibt.

5. Salzburgs populäre Musikkulturen in den 1950er und 1960er Jahren - Forschungsprojekt im Rahmen des Symposions „Those Were the Days" am Department für Musikwissenschaft (Arbeitsschwerpunkt Salzburger Musikgeschichte) der Universität Mozarteum, Salzburg. Ein Aufsatz unter dem Titel **„Spielstätten des Jazz, der Tanz- und Rockmusik von der Nachkriegszeit bis in die 60er Jahre"** des Autors Hannes Stiegler erscheint in einem Symposions-Sammelband – voraussichtlicher Erscheinungstermin: Herbst 2016